走进司岗里腹地

——沧源佤山行

彭鸽子 著

中国言实出版社

图书在版编目(CIP)数据

走进司岗里腹地：沧源佤山行 / 彭鸽子著 . -- 北
京：中国言实出版社, 2021.6
ISBN 978-7-5171-2799-4

Ⅰ . ①走… Ⅱ . ①彭… Ⅲ . ①游记 - 作品集 - 中国 -
当代 Ⅳ . ①I267.4

中国版本图书馆 CIP 数据核字（2021）第 110889 号

出 版 人 王昕朋
责任编辑 王战星
责任校对 郭江妮

出版发行 **中国言实出版社**
    地　址：北京市朝阳区北苑路180号加利大厦5号楼105室
    邮　编：100101
    编辑部：北京市海淀区花园路6号院B座6层
    邮　编：100088
    电　话：64924853（总编室）　64924716（发行部）
    网　址：www.zgyscbs.cn
    E-mail：zgyscbs@263.net
经　　销 新华书店
印　　刷 北京温林源印刷有限公司
版　　次 2021年9月第1版　　2021年9月第1次印刷
规　　格 710毫米×1000毫米　1/32　5.125印张
字　　数 120千字
定　　价 40.00元　　ISBN 978-7-5171-2799-4

目 录

边地新城勐董

我要去沧源。那里离昆明很远，也很具神秘色彩。

想到自己能够又一次进入那神秘的地方，去了解发掘许多不为人知的事，我很高兴。

过去的边地交通不方便，僻居这边远大山里、自称为"布绕"的佤族也由于长期处于封闭状态而难为外人所知，使他们充满了神秘的色彩，甚至有许多误解。随着新中国的建立，各民族的团结、发展、交流，佤族这一勤劳、朴实、勇敢的民族，也日益为人们所了解关注。

近几十年来，来佤山工作、访问的人不断增加。佤族特异的风俗、热情好客的古老传统给人印象深刻，特别是佤族人那坚韧不拔的毅力，在艰苦岁月中一代代生存下去的充满了血和泪的历史，更是使人感叹惊讶！

2001 年的春天，我曾经来过沧源县，从歌声和舞蹈中我对佤族人充满想象力的智慧、坚强的个性有了一些了解，也就很快喜欢上了他们，想多了解一些他们过往的历史和今天的生活。

虽然人文学者们的研究认为，佤族是源于汉、魏时期，居住在云南的古代濮人（当时把流经云南高原西南部的礼社江、元江称为濮水），到了唐代由于不断迁徙，又从居住在澜沧江以西的濮人中分化出了几个民族，其中被称为"望"的一支，就是佤族。

但是佤族人却自称是来自"司岗里"——这又是一个听来颇为神秘的名词。问他们，佤族人会告诉你，司岗里有着"护育、养护、山洞、葫芦"之意。但是在佤族地区多与人交谈时，他们的说法，就又令我迷惑不解了。有次，我见到佤族民居屋顶上竖着的木制叉形装饰，便问那象征什么。一位佤族老太太说："司岗。"我疑惑了，"司岗里""司岗"是同一种含义吗？

佤族老太太说："你去问布依劳。"

"布依劳住在哪里？"我问。

她笑了："'布依劳'不是人名，是指我们佤族人当中懂得多、会讲古事的人。你在佤山多住一些时间，多交一些朋友，就找得到布依劳了。"她裹好兰烟送到嘴里点燃，然后一张口，一阵青烟从她嘴中喷出，青烟慢悠悠地从她刻有岁月沧桑痕迹的一道道皱纹的脸上缭绕地飘向天空，仿佛"布依劳"既遍布各处又神秘不可测。

布依劳是会讲古事的人，这对我充满了诱惑。可惜那次行程短促，我没有时间去寻觅。

回到昆明，佤族奔放粗犷的歌舞、司岗里的神秘传说、深藏于佤族民间的学者布依劳，让我时时魂牵梦绕，一有可能我就与佤族人或熟悉沧源佤族的朋友来往，想多了解佤族的一些过往和今天。他们说得很多也很零碎，但一再提示我："如果你想要掌握能进入文学创作的素材，那就得再去那块土地上亲身感受。"

两年后的 2003 年秋天，有了个机会，我收拾起行李，再次踏上了这块令人神往的土地。

昆明到沧源的公路里程是 819 公里。20 世纪四五十年代，去过沧源的前辈告诉我，那时候没有公路，步行翻越横断山脉的险阻要走二三十天呢！之后有了简陋的公路也要车行四五天，如今路况改善了，有个两三天也就可以了。

这也使我明白，从前佤族人怎么可能走出去，又怎么能为内地人所真正了解，有多少人愿披星戴月地步行二三十天去往佤山？因为那里不仅山高路远，途中还有那么多危险！

如今，我们急于进入佤山，车在曲折多弯的山间公路上奔驰，以超常的速度疾行，第一天就赶了 598 公里，夜半歇宿于临沧，第二天又早早起来再赶那剩下的 221 公里。

过了双江县，狭窄公路的大多数地段是沿着那条时而平静清澈、时而混浊汹涌的小黑江时而上山时而下坡地延伸。这一次不像前一次来时正逢春天，那时候，江岸边盛开着白中带粉的羊蹄甲花，红白、黄、紫的杜鹃花，山茶花，像一幅彩色长卷展开在山岭江河间，令人心旷神怡。如今虽然是秋季，江边依然一派浓绿，一棵棵大榕树在阳光下闪烁着特异的墨绿色的光彩。这样的景色只有年平均气温在 17.4℃、四季分明、有着立体气候的南方边境才能领略到。

边地新城勐董

顺着小黑江往南车行约 162 公里就到了勐省。这是从北边进入沧源的第一站，勐省河是小黑江的源头，这块 200.389 平方公里的小镇，由于水资源丰富，又处于低河谷地带，盛产甘蔗、稻谷，不仅被视为沧源县的粮仓，而且与勐来接壤的地带还有着闻名遐迩、据说已有 3000 多年历史的崖画群。

　　过了勐省，车驶入勐来，一路风光又是不同。由于勐来地处喀斯特地貌区，有一段路是沿着岩壁的落水洞行走。从车窗向公路对面的深谷中望去，满眼都是如绿色巨型大伞的董棕林，撑开在奇形怪状的巨石间。驶过这段棕林、石洞群后，汽车又把我们带到一幅幅天然生成的国画长廊中，那些分布在岩石上的大面积藤葛、野草，被云雾时掩时映，充满了空灵感，不断有大小猿猴欢快地跳来跳去，发出长长的呼叫声，像欢呼游客们到佤山来。

　　进入沧源地段后风景特别奇丽，我更是迫不及待地想找到一位向导或"布依劳"，在他们的引导下去观光、研究这"司岗里"腹地。那些经历了3000年风雨还能展示在我们眼前的崖画、那些古朴的村寨，一定有着许多传奇。

　　太阳偏西，我们到达了沧源县首府勐董镇。两年时间没有来，这里发生了很大变化，新建成了两条宽敞大街，街道两旁是黄金叶的绿化带，新楼房的外形有民族形式的，也有欧式的。

　　勐董是座离边境只有20余公里、历史不长的边陲小城，半个世纪前还是只有竹楼茅屋的佤族村寨。清光绪十七年（1891年），清政府把勐董傣族土司罕荣高封为"勐角董土千总"（守备之下的武官，相当于五品职衔），管理勐角、勐东、勐茅（如今属缅甸）、勐隆等几十个村寨，合称"九勐十八圈"（勐是傣族人居住的坝子，圈是山上佤族人的山寨），只有班洪、岩帅那些佤族大部落不归罕荣高管辖。

　　这里也就逐渐成了一方政治中心，只是由于商业不发达形成不了街道，所以人们仍然是沿着古老的习俗，十天半个月赶一次街子，日中为市，多数是以物易物。更没有高大的砖木结构建筑，就连土司老爷居住的"千总衙门"也是茅顶竹楼，只不过比一般人的竹楼宽敞一些。天热时，威严的土司也是赤膊着上身、光着大脚在竹楼乘凉。

屋顶上有"司岗"标志的佤族民居

进入民国时期，云南省政府积极推行"改土归流"的殖边政策，把原来设在糯福的镇边厅撤销，建立澜沧县，下设8个区，勐董是其中之一。但是关山远隔，土司力量还在，县政府的政令长时间难以进入勐角董。

又过了八九年，民国二十三年（1934年），由于英帝国主义的入侵，这里爆发了震惊国内外的班洪、班老等佤族部落的抗英战斗。当时的班洪王、世袭土司胡玉山等人一边与英国侵略军苦战，一边派人去昆明向时任云南省政府主席的龙云将军呼吁请愿，并且用各种形式向社会各界介绍地处中缅边界的佤族地区的历史和现状。在各方面的压力下，这才引起了云南省当局对这块土地的重视。云南省当局觉得这样由各部落土司、头人分散管理的各自为政局面，已经不能应付边外敌人入侵的严重局势，从而在这一年设立了"沧源设治局"。

沧源这一地名才正式出现。取沧源之名，据说意为这一地方本属澜沧管辖，源于澜沧。

但是勐角董土司后人罕华相独霸一方惯了，不把没有兵力的设治局放在眼里。1934年到1944年的10年间，从第一任设治局局长龚月轩到第六任局长王晋都没有办法行使职权，只好一个个狼狈地落荒而去。1944年第七任设治局局长樊汝平来了，土司罕华相仍然不把他当一回事，不仅派粮派款不给，还指使人把牛粪涂在设治局的墙壁上，经常派人去闹事，也是想打下这个外来流官的威风，让他也畏难而退。但这一时期的边地形势已大大不同于从前，进入抗日战争后期，中国军队整师整军地开往中缅边境布防作战，这些军队虽然没有直接介入"改土归流"的事，但却让樊汝平加强了自己的力量。他又是个有魄力的官员，决心与罕家土司作一次大的较量。

罕家土司那些年想扩充权势，导致树敌过多，早在民国二十四年（1935年），他们责怪糯良的帕拍佤族部落头人没有执行其制定的"获虎交皮"的纳贡规矩，竟敢私用虎皮，从而发生了冲突。帕拍部落联合岩帅部落佤族打败了罕家土司，逼得土司罕华相逃到孟定傣族地方去躲避了一段时间。

1945 年罕华相去世了，罕富民接任。樊汝平有了依靠，也利用这一时机去岩帅，召集岩帅、永源、乐良、勐省、勐角、勐董等地方的土司、头人开会，宣布把沧源设治局所管辖的地方重新整顿，划分为 6 个乡镇，勐角与勐董分开，各为一个镇。到会的头人土司都拥护，只有勐角董土司罕富民拒绝到会，并且公然表示反对。樊汝平就带着支持他的岩帅佤族武装向勐董进发。

彪悍好斗的佤族汉子持刀扛弩浩浩荡荡地向勐董前进了。选拔参战的都是善于拼搏的猎手，罕家那些土司兵早就败在他们的手下，如今哪里敢抵抗，土司罕富民只好仓皇地逃往耿马。

樊汝平以设治局局长的名义，宣布由岩帅佤族头人叶金明担任勐角镇镇长，勐董镇镇长则由罕富民的弟弟罕富权来担任。从此"勐角董土司"的统治瓦解了。

1949 年冬，边纵游击队解放了沧源设治局管辖的地方后，经当时的中共滇桂黔边工委领导的普洱专区的批准，1949 年 11 月成立了沧源县，县临时人民政府设在岩帅，由"岩帅王子"田兴武担任县长。

这是沧源第一次设县。从此中国的版图上有了一个佤族人聚居的县。

又过了 3 年，有关方面考虑到勐董这地方可以南北照管沧源县境各地区的地理条件，把县人民政府从岩帅迁到勐董，并把班洪等部落也划入沧源县，并设立了岩帅、糯良、勐角、永和、班洪 5 个区。勐董这地方也因为县治所在而开始了它的崭新历程。短短的 50 余年，勐董从只有茅屋竹楼的简陋乡镇，逐渐发展成了今天拥有许多高楼大厦现代化建筑的、车水马龙的城市。

所以说，勐董是在中国共产党领导下结束封建制度、停歇战乱后稳步发展起来的边地新城市。没有民族的团结、和平、安定，也就不会有今天的新勐董！

这个佤族自治县的县城，不仅居住有众多的佤族人，还有不少傣族人，同时由于有着历史悠久的、被列为国家级重点文物保护单位的广允缅寺，所以在这里我们既能感受到浓郁的佤族风情，也可领略傣族的歌舞、小吃……

从勐董这边地小城贫困的过往和今天大发展的曲折印迹，就可以想象得到，有多少历史、民情风俗值得我们去深入了解啊！

千头万绪，我从哪里揭开这一页呢？

当然只能依靠当地的朋友！

佤族是个热情好客、诚实守信的民族，只要你以诚相待，取得他们的信任，他们会以更大的热情回报，以你的欢喜为自己的欢喜，以你的困难为自己的困难，在这块土地上你不用担心会上当受骗。但要想在佤山把活动开展得顺利，必须得找个熟悉情况的好导游。

沧源的朋友知道我是远道而来，也热情地表示，一定会充分满足我的愿望。他们安慰我："别急。坐了两天车，够辛苦了。先好好休息一个晚上，明天会有人来给你做引导！"

我确实累了，这天晚上睡得很好，还做了个梦，我似乎感到沉重的木鼓声中，崖画上的人都跳了下来和我一起舞蹈，还有南滚河的大象扬起长长的鼻子，把一串串野芭蕉掷给我，班洪部落系红头巾的佤族勇士正在快刀剽牛……

第二天早上，浓雾还像一床无边无际的白色丝棉被把东边的山严实地遮盖着。山路上、公路上已传来"嘚嘚"响的马蹄声和汽车、手扶拖拉机的轰隆响声，我眯缝着睡眼推开窗子，只见佤族人、傣族人纷纷从晨雾中拥来，他们扎着黑包头，顶着方格头巾，有的背着背篓，有的牵着马，有的坐汽车，也有的开手扶拖拉机。我猜想今天大概是勐董镇赶集的日子，就匆匆起了床。

我刚梳洗好，就听见有人轻轻地敲门。打开门，站在我眼前的是一位身材修长、有着一双明亮的大眼睛、30岁左右、黑而俊俏的佤族少妇。她自我介绍说叫叶萍，旅游局让她来当我的向导。

叶萍是我在云南边地常常见到的那种清新、朴实、美丽、温柔，又因为有文化而显得很聪明的智慧型女子，给人一种亲切、信任感。我们只交谈了几句就很快熟悉了。

她业务熟练地问我："此行有什么要求？"

我坦率地说："从前虽然也来过沧源，但时间短促，感受不深，如今想写本书，就想请你们多给我些指点。"

她听得很认真，思索了一会儿说："这样吧！我们边看边请人谈。今天是勐董镇逢集天，我们先逛街。你虽然来过，但是如今的佤山是月月变年年变，先看看城市的变化，再去广允缅寺，了解今天佤族傣族是怎么融洽相处的，然后找个布依劳，他会告诉你，我们佤族神话的开天辟地……"

我点头，这样太好了！

她又说："从前也有外地人来写我们佤族，只是他们过于猎奇，尽搜集一些丑陋风俗，那不是我们佤族的真实面目。"

我说："我是喜欢上了你们这个民族，才再次专程前来。"

她开心地笑了："我看是这样！"

她引领我来到已经是人头攒动的街上，对我说："逢星期四是勐董的赶集日，热闹得很呢！"

在边地赶集是很有乐趣的事，我和她走入农贸市场。来赶集的多是附近山寨的佤族和傣族人，傣族人来卖凉粉、汤圆、糯米粑粑、大米、猪肉、牛肉。佤族人多是把山地产的黄瓜、南瓜、豆类、苞谷、兰烟、土鸡拿来出售，卖完东西三三两两地坐到傣族小吃摊上吃碗凉粉、炸糯米粑粑。佤族男人多爱买烟、酒、生产工具，女人多数买糖果、鞋子、肥皂、油、盐、花线。

赶街也成了远近山乡佤族、傣族、汉族等民族的一件乐事。老少都要穿上如同节日盛装的衣衫，像赴喜宴一样来到街子上。我也如同进入了一个富有民族色彩的小型博览会，尽情地观赏她们那壮健、妩媚的身姿，那表面看来大致相同但仔细观察却是色彩、花纹各异的服饰。

一群皮肤黑得发亮的佤族少女挤在一起有说有笑，我走过去与她们打招呼，她们大大方方地回应，还问我："从哪里来？临沧？昆明？"

赶集的佤族妇女

　　我见她们面前摆的是一篓篓苞谷和十多只土鸡，问她们："好卖吗？"她们笑吟吟地答道："还早嘞！等一会儿人多了，就好卖了。"我又问："怎么不留着自己吃？"她们又是笑着回答："吃不完。卖了钱去买些丝线、绒线、首饰。"

　　"要结婚了？"我故意问。

　　她们笑得更甜了："哟！不结婚还不是要打扮得漂亮些！"

　　她们那红、黄、蓝、黑几种色彩为主织成的筒裙，每一条裙子的色彩搭配和图案都不一样，可见每个人在织自己的筒裙时，都融入了自己的审美情趣。她们的耳环和耳坠更是各不相同，有的是一对小小的银色象脚鼓，有的是一对用细小银丝编成的菊花瓣，有的是两只小银象……

这些小工艺品把我得都看入迷了，我问她们："哪里买的？太漂亮了。"

"请人打的。经常有会打银器的老师傅来我们那里呢！"

在叶萍的帮助介绍下，我才知道这地方还有不少高明的能工巧匠。他们带着工具走山串寨，姑娘们喜欢什么样式，他们都能打制出，让她满意地戴上。如今姑娘们喜欢戴小巧精致的银饰，年岁大的妇女则仍然喜欢大而重的如同酒杯粗的耳环。我们正说着，一个穿着黑衣紫红裙、头戴鲜红头巾的老妇人，顶着竹背篓，提着一只空竹篮子过来了。她的耳环是如同一面雕镂着四朵方瓣小花的银锣，在阳光下特别闪亮。老妇人也似乎发觉我们在注意她，有点儿得意地晃动了一下耳朵，微笑了。

那些居住在坝子里的傣族妇女的服饰，反而没有这些来自山区的佤族妇女的艳丽，多是白衣黑裙，脚下一双塑料凉鞋。我趁一个卖米线的傣族妇女弯下腰去收拾米箩时，仔细看了她的耳环，那耳环只是两颗有点花纹的银扣，不过素朴中也显出了几分俏丽。

我想，也许是她们就住在附近又常来赶街子，而没有着意打扮吧！

接近上午 10 时，远山的雾散了，太阳升得很高了，赶街的人也越来越多，摩肩接踵，整个集市人声鼎沸，大声地问价却没有争执。我感叹地对叶萍说："这里赶集的氛围真好，我走过许多地方的乡街子，总会遇到一些争吵的事。"

她微笑着："吵什么？为这点东西争吵，害羞得很，佤族人都很大方，从前还不会做买卖，哪个要，就送哪个！"

我点头，是这样。我这十几年去过了滇南西盟、滇西沧源的许多地方，佤族人都豪爽得很呢！但假如遇见有损民族利益的事，他们可要拔刀相向，以性命来拼搏了！

叶萍说："你也知道，勐董镇是民族杂居地，新中国成立前时常发生斗殴，有时候还会引发几百人几千人参加的大规模械斗，严重影响了生产和生活，使这块地方长期贫穷。1950年，我们佤族、傣族、汉族协商后，在广允缅寺的山坡上种下了三棵大榕树，这三棵树象征着三个民族团结、互助、相爱，不再发生斗殴，民族之间的相互买卖也要和气，讲规矩。"

"这三棵团结树还在吗？"我问。

"在。现在长得可大了。"

广允缅寺和佤族木鼓

这横断山纵谷南端秋天的中午，也正是一天最热的时刻，还好遇上多云的天气，太阳时隐时现，更多时候是被厚厚的云块遮住，也就不觉得特别晒。我们从农贸市场步行了 15 分钟，过了"T"字路口来到大街上，朝一条有十几级石台阶的小巷往上走去。

"勐"在傣族话里有着平坝子的含义，但佤山平坝子不多，勐董镇也只是在一个斜坡的上下，平地不够用，就往山坡上发展。这广允缅寺和西双版纳等处的缅寺不一样，是建立在高坡上。从前四周都是旷野，后来城市以这里为中心向周围扩展，却把它挤进一条窄窄的小巷里了。

广允缅寺的所在地是傣族寨子，叫芒弄寨。来到高坡上后，推开雕有凤头的土红色木寺门进去，一座占地面积 2193 平方米、有内栏的雄伟殿宇就展现在了眼前。面朝东的殿门前飘着雪白的布幡，有六七米高。坡上的风很大，雪白而又带着彩色长缨的幡在风中舞动，好似一条条蛟龙摆着尾向天空腾起，颇有节日的喜庆气氛。向方丈一打听，才知道前两天刚过了傣族的关门节。

广允缅寺大约建筑于清代道光年间，已有一百七八十年历史了，是云南省民族地区至今保存得较为完整的一座南传上座部小乘佛教寺庙。大殿左右两根红漆的粗大圆柱子上各镶有一条怒目圆睁、角须挺立的巨龙浮雕，经历了一两百年的风吹日晒，两条木雕龙变成了黑色，逆光看去，更觉得神态狰狞。有它们守护，邪魔歪道哪能进来！殿内供有一尊释迦牟尼金身佛像，因为正遇上傣族关门节，供桌上、神坛前摆满了谷子、糕点、橘子、苹果、糖果、香、烛。在释迦牟尼佛像左、右、后面绘有 10 幅彩色壁画，壁画的手法采用重彩、单线平涂，这些彩绘看来给了当代云南重彩画家许多启示。其中有 8 幅画描绘的是 170 年前的人物、楼阁、城池、园林。从人物服饰可以看出有汉族、傣族官员，也有仕女、兵丁，表达了那个时代人们的生活和民情风俗。另两幅分别画的是《逾城上走》《黑地成佛》，表达的是释迦牟尼菩提树下成佛的故事。

我惊叹于这重檐斗拱亭阁建筑的华丽。一两百年前的清代道光年间，这里还是与内地隔绝的偏僻山乡，人民居住的几乎全是竹木草顶干栏式建筑，也就是我们从前常见的上住人下养牲畜的竹楼，怎么会有这样与众不同的砖木结构的精巧寺庙？这种工艺、财力没有用在居住的改善上，而是用于缅寺，也可见他们对宗教信仰的赤诚。这也是傣族人多数都心性和平的原因之一吧！

让我惊讶的是，大殿内还躺卧着一具长 2.64 米、直径 0.55

米的巨大木鼓。由于年代久远，木鼓上已是蛀痕星布。木鼓是佤族特有的，怎么摆进了傣族缅寺？

广允缅寺

叶萍告诉我，这一木鼓是清朝时期佤族头人为了友谊而送给勐角董傣族土司的珍贵礼物。是清代什么年间，哪个佤族部落送来的，却一时不可考了。

这里的傣族愿意和佤族融洽相处，在这巍峨的建筑内，为佤族保存着一件具有历史价值的文物，佤族人自然也会格外用心地保护这座广允缅寺了！

木鼓在佤族当中具有极为神圣的地位，人们把它作为通天的神物来祭祀、使用，每年春夏之交都会选择一个吉利的日子来祭祀木鼓。那一天，全寨子的人都要出动，剽牛祭献，唱歌跳舞。

佤族人为什么不像其他民族那样选择其他物体，如牛皮、羊皮、铜来制鼓，而是要采用粗大结实的树干来制作，而且越粗大越好？这是因为他们的先辈长久居住在深山里，当敲打粗壮结实的大树树干时，会产生洪亮的响声。

对木鼓的出现，富有想象力的佤族人也编织了一些美丽感人的、颇有浪漫气息的传说。据说，从前佤族人居住在稠密的原始森林里时，经常会遇到凶猛野兽的袭击，他们只能相互呼喊招呼一起来抗御。有天深夜，一户人家遭到了兽群的围咬，情急之下，这家女人用石块急促地敲响了倒在旁边的一段空心老树，既想呼唤人们来拯救，也想威吓兽群不要过来……

人们来了，兽群也被击打空心老树的响声吓走了，她一家人得救了！女人的丈夫从中得到启示，为什么不用树干来制造一根木鼓呢？大树林里多的是木质坚硬的柏木、青冈木、红丝木、栗木……他特意选了一棵长了二三十年的红丝木，约了小伙子们费尽力气砍倒拖回来，但是这根结实的大木头怎么敲也发不出那震撼的响声，他费尽心思也不得其法，还是妻子聪明，指指下腹那部分，叫他也学着在树干上凿抠几个洞。树如石洞一样，内里巧妙，敲击才会发出共鸣……

这就是木鼓的鼓身上有着约 0.05 米长形音腔孔的解释，也暗含佤族先民们的母性崇拜，一切有活力、有生命、能震撼世界的音响和生命，都是从母体中发出来的！

全寨人一起拉木鼓

　　木鼓沉重响起时，山鸣谷应，的确给人极大的震撼力。从前佤山的木鼓多，几乎大小村寨都有木鼓，正如他们所说："命源于水，魂求于鼓。"所以佤族人选择寨子的地址时，都要找好水源，安置好木鼓房，还要在头人当中设立专职的木鼓窝朗。

　　遇见战争和重大的祭祀活动，以及情况紧急需向远近的人们传达信息时，佤族人都要敲击木鼓。他们把木鼓敲得沉重而有节奏，当所有村寨的木鼓此起彼伏地相呼应时，大小群山也会被震得抖动。他们认为，响亮的木鼓声能够远达天庭，把他们的祈祷、痛苦、喜悦都带给神灵。

　　所以，虽然傣族有象脚鼓，汉族有牛皮鼓，壮族有铜鼓，但是佤族还是尊崇自己的木鼓。一个佤族人告诉我："木鼓一响，我身体里的血液也就会像煮过一样开锅了！"

　　也难怪木鼓声一响起，远近的佤族寨子男女都会应和着发出撕心裂肺的呐喊，这无疑添加了撼人的气氛，让人们跟随着去冲杀！

佤族村寨的木鼓房

　　木鼓用个十几年，就会被风吹雨打、虫蛀而朽烂，佤族人又得重新选寻可用的大树来制作新的木鼓。拉木鼓也是佤族人的重要活动，由于当地山岭陡峭，树大林深，做木鼓的树干又沉重，所以拉木鼓时全寨子的男女老少都得参加，没有人敢偷懒。这也增强了佤族人团结一心的集体意识。

拉回寨子的新木鼓在木鼓房安放好后，人们又要剽牛、杀鸡、跳舞唱歌，隆重地举行祭祀活动。多才多艺的佤族人还把这些情节编成了木鼓舞，成了佤族传统的13种舞蹈中最重要的一种。

我在滇西南的西盟、沧源许多村寨都见过这种木鼓舞。木鼓舞虽然只有抬腿、跺脚、甩手等一些动作，但在铓锣的伴和下，木鼓声一起，所有的人都围成一个大圆圈起舞，粗犷、豪放、有力，再在高昂的男女声领唱下，全体唱和，整个场子都会沸腾，可以从傍晚持续到天明！鼓槌是两头粗中间细、由坚实木头制成的，由勇敢、德行好，又心地虔诚懂艺术的男子来执槌。他的鼓点指挥着全场，也影响着所有人的情绪，让大家都愿意随着鼓声去跳、去唱、去征战、去拼搏，甚至献出自己的生命！

木鼓就有这样的力量！

如今，这根静静躺在广允缅寺里的古老木鼓，已经完成了它辉煌的使命，在这里安度晚年。如果它有生命和灵魂的话（我想，它一定有！），它如今在想些什么呢？是回忆它曾经一次又一次为部落里的人向上天祈求平安，为那些喜庆的日子大声狂笑，还是曾经大声咆哮呼喊人们为报仇雪恨去战斗？

但我想，作为民族团结的使者，身披红色彩带来到这里的傣族村寨，安居于广允缅寺，它多年前的使命和愿望，如今已全部实现了！

我围着这根古老的木鼓边看边想，把从前所知道的许多有关木鼓的传说都从记忆中调动出来了！

一直静静陪同我参观的叶萍，见我长久陷于沉思中，问我在想什么。

我把我的想法说了几句。她点头："你了解我们佤族木鼓。它确实是我们佤族历史上伟大的圣洁之物。它是我们的护法，为我们的苦难悲鸣呐喊过，如今又伴随着我们进入欢乐的新时代，明年4月你如果能再来沧源，这里还要举行千人拉木鼓的《神鼓惊魂》活动呢！"

木鼓又将大显威风了！

敲起木鼓，跳起甩发舞

中午起风了。

广允缅寺檐角的风铃在风中有节奏地响着。我见一个年轻傣族妇女手捏着一团糯米饭，站在风铃下向殿堂中瞻望，叶萍微笑着向她走去，开始我还以为她们认识，只听得叶萍说："糯米饭给卖？"才知她们并不认识。

那傣族妇女说："不卖。你要买了做什么？"

"吃嘛。"叶萍说。

听她说要买糯米饭，我也感到有几分饿了，这个上午只忙着观光，把吃中饭也忘了。

"卖是不卖，吃是给吃呢！"说着她领着我们走出广允缅寺的侧门。她家就住在附近。招呼我们坐下后，她端来一篾编竹箩，让我们洗了手去抓那热气腾腾的糯米饭。我抓了一些，正准备捏成团，她又递过一个加了辣子的小肉饼，要我夹在饭团中吃。我正想谢谢她，她却轻悠地闪出门去了。过了一会儿，她与一个和她年龄相仿，也是一身傣装的妇女从广允缅寺中走来，她们说："等会儿一起去做客。"我才明白，刚才她是到寺庙中等她的朋友。

我觉得不能白吃她们的糯米饭，得给点儿钱。她坚决地拒绝："先就说过卖是不卖，吃是给吃呢！"

我不好意思地收起钱，举起相机说："我为你们拍张照片。"

她很乐意地接受了，说："这张照片要给呢！"

我说："一定给。"心里想着，来到了这块民风朴实的土地上，怎能骗人？骗人的人，灵魂是不会得到安宁的。

在镜头前，她们笑得甜而安详，被我快速拍下了！

告别她们后，又往坡上走了30多米弯弯曲曲的石台阶路。听到了风吹树叶发出的巨大哗哗响声，叶萍说："那就是团结树。"

大树在这寨子的最高处，远看如一片树林，近看是一棵纵横生长的大榕树，怎么也分不出是三棵树。我问叶萍怎么只见一棵树，她说："三棵都在这里了，不知是哪一年，三棵树聚拢、拥抱长成了一棵。"

曾经有研究生物的科学家说过，在这世界上不仅人有灵性，动植物也都有灵性，只是我们难以发现而已。我站在树下观望很久，感受着风对树叶的抚摩。我想，和谐，这不仅仅是人类的愿望。

两位佤族学者

　　大榕树下凉快得很，中午的炎热阳光全被它稠密的树叶遮挡着了，可惜我们事情多，不能逗留过久。如果是假日，约上几个朋友，带上食品在这里野餐，消磨一个上午或下午，那一定很愉快！

　　叶萍为了让我多看些沧源小城的街巷，带我来到大街上。

　　叶萍要招待我吃中饭，我看看手表已是 2 点 15 分，却一点儿也不觉得饿，因为去看团结树前，傣族妇人给的糯米饭团夹肉饼还没有消化。叶萍说她也不饿，又笑着说："只是不能用一个饭团就作为你的中午饭，那是我们佤族人敬牛的一种方式。"

　　看我一脸困惑，她笑着说："现在带你去见我们佤族中一位很有学识的布依劳。为什么用饭团敬牛，以后再告诉你。"

　　叶萍拦了辆的士。开车的司机也是佤族人，黑皮肤上闪着油亮的健康光彩，他的车开得慢，有意让我这外地人看看街道和建筑。

阳光下的小县城像住在这里的傣族、佤族人一样安静祥和，完全没有那些大城市的拥挤喧嚣。我想，这是民情养育了城市。

我们在源湖路的街尾下车，走进街边一栋竹墙草顶、宽敞洁净的房舍。

这是一间佤族风格的小吃店。见我们进来，一位60多岁、身体结实、具有佤族长者朴实敦厚风度的老人，立即放下手中的烟筒，亲切地招呼我们坐下。

"这就是荣哉布依劳。昨天晚上我在电话中已向他介绍过你。你想了解佤山什么，就请他讲。"叶萍说。

我觉得他有些面熟，似乎在哪里见过，是在哪个村寨，还是前两年来时，与那些官员、学者聚会时，有过一面之缘？但一时间想不起来了。我怕影响我们的谈话主题，也就没有多想多问。只是从他的神情、风度来看，觉得他不同于一般的民间艺人，几句含蓄的话深藏着见识、智慧。

云南边地的许多小城镇都有一些对本地历史、民情风俗有深刻见解的中老年知识分子。他们在外界没有多大名气，也不求扬名于海内外，只是想用心地把自己故乡的一些人和事搞明白，拂拭掉历史的尘埃，还历史以本来面目。这是他们的寄托，也是一种责任。就像打一口深井，泉水不涌出来，他们是不会歇手的，为当地人文建设悄悄地树起一座又一座丰碑。外人如果想了解这块土地的人和事，也不得不来这里向他们请教。这是一些真正学有专长的人，只不过他们不是从学院里来，他们的知识也不完全从书本上得来，而是紧紧拥抱这块土地上的人民，把人民的智慧一点一滴地聚拢来……

我感觉荣哉布依劳也是这样的智者。

无酒不成礼

我先向他诚挚地表示问候，然后说："想请布依劳为我讲讲你们佤族创世纪诗《司岗里》。"

"不要急。我们佤族有规矩，远客来了得先敬酒，无酒不成礼。"他喊来一位和蔼慈祥的佤族老妇人，向我介绍这是他的妻子。她客气地表示了对我的欢迎，然后端来了泡酒。荣哉布依劳把橙黄的泡酒斟进杯子里，滴了一滴在地上，自己先喝了一口，才把泡酒杯递给我，要我一口喝下。我不明白地问："那你的酒呢？"

荣哉布依劳说："佤族人的喝酒方式不同于汉族，第一杯酒先得滴一滴在地上敬了天神、地神后，自己当着客人先喝一口，表示酒好没有毒，客人可放心地喝。"

我喝下了散发着小红米香甜的泡酒，赞赏地说："这酒真好喝。"

荣哉布依劳很得意地说："没有人不夸奖我们岩帅人酿的酒好。这好酒也是来自司岗里，我们佤族人就是从那里走出来的。司岗里是佤族的著名创世纪史诗。佤山的一切都与司岗里分不开，在这片土地上有着司岗里文化、司岗里传说、司岗里民族。在佤语中，'司'是虚词，没有什么意义；'岗'是动词，有'护育、保护、养护'的意义；'里'是动词，'出来'的意思。司岗里可以理解为'护育人类出来的地方'。"

司岗里是怎么把佤族人护育出来，并使其从无到有，得有一个过程。佤族是一个纯朴的民族，又是个善于用形象语言来记载自己历史的民族，比喻的修辞方法在佤族民歌中随处可见，是佤族文化艺术中的一大特色。

听了司岗里的传说，你就会感到，佤族的诞生充满了神奇，也很美丽动人。

"我们的创世纪诗里说，在远古的时候，宇宙中只有空气和浓浓的云雾，而没有生灵。不知过了多长时间，空气和云雾酝酿出了一粒石子，石子在云雾中飘浮摩擦，越变越圆，随着时间的推移，渐渐长大，把云雾挤压得往上升。云雾离石子越远，也越来越透明，石子则越长越大也越圆，长成了今天的地球，被挤离地球的云雾形成了天空，从此有了天与地。天和地不再单一，天地之间阴阳相合孕育出一个灵魂，这个灵魂把天与地视为宇宙，他在天地间游荡，也主宰着天地，他就是被我们佤族称为天神的'达西爷'。他法力无边，行使着神圣的职权。

"达西爷整日游荡于天地间，虽然有天但无比黑暗，虽然有大地但干涸没有生命，达西爷觉得很孤独，感伤地痛哭，眼泪如倾盆大雨流到了地球上，地上才开始有了水，形成了万千条大河。大河是那样有冲击力，劈开了大山，又融汇在一起，形成了湖泊、大海，也淹没了天和地的交接处，从此天和地分离了。

"地球有了水，土地不再干涸，湿润的大地，也孕育出了一个灵魂，天地间又诞生出第二个生命——地神。佤族人称地神为'麻西雍'（'麻'是妈妈的意思，'西雍'是地神的意思）。有了麻西雍，天神不再孤独，他们相互陪伴着，为了打发寂寞，他们创造了语言。他们的结合生下了一对双胞胎，这对双胞胎一个是太阳，一个是月亮。天神让他们为大地照明，为大地带去光和热，后来又生了雨神。太阳和月亮也生下了许多孩子，它们就是在天上闪烁的星星。

"宇宙间虽然有了达西爷的这些儿孙们——日月星辰，可是他仍然觉得世间太单调了，为了让大地美丽富饶，他又有了新的设想：先是创造了除了人以外的万物。他根据想象创造出一片竹林，然后是树林，又在树林中创造出一些动物，首先是一条壮实的黄牛。他让树木轮流开花结果，动物自己繁衍。

"地神见天神创造了万物，觉得自己也应该做点什么。一天，她在水边把水和泥捏在一起，捏出了一个个能直立行走的人，泥人捏出一个走掉一个，他们跑进山林，被风一吹就长大，被雨一淋就有了血肉。那时候还没有食物，这些人就不停地吃泥土，喝水。"

荣哉布依劳说到这里，停下来喝了一口泡酒。

我听得入迷了。原来佤族山寨竹林会这样茂盛，他们使用竹子来盖竹楼制成器具，从前喝水盛水的器具都是竹筒；黄牛水牛是这样多，剽牛成为他们的传统仪式，那都是达西爷的创造呢！佤族人太会夸耀他们祖先的伟大力量了。这怎不令人敬佩！

"怎么样？我这样说，你听得来吗？不会觉得荒唐吗？"荣哉布依劳端详着我问。

我忙回答："太好了！就这样原原本本说给我听。这真是你们佤族先民智慧的创作！"

他笑了，又喝了一口泡酒："你愿意听，我才愿意说。"

他轻轻抹去唇边的残酒，又接着说："远古时，天神就先知先觉地预感到，人口密集是大地的灾难。但是地神创造出的人像天神、地神一样生命力顽强，只会生不会死，大地上很快挤满了人，他们吃光了用光了山上的竹林、树木、动物和泥土。天神看到他创造的万物将要被人类践踏完了，大地将会变得一片荒凉，他生气了，一怒之下，命令他的儿子雷神去消灭人类。雷神派他的使者燕子带着火飞向大地，熊熊烈火狂卷一切，越烧越旺……

"所以，在佤族地区不准伤害燕子，谁家打了燕子将会引来火灾。

"人类的母亲麻西雍见全部生灵都将被发怒的天神毁灭，她爱恋着自己亲手缔造的人类，但又无法阻止，就悄悄救下几个人，把她们藏在山洞里。天神以为灭绝了人类，这才把火关进了岩洞中不让再燃烧，又开始重新创造万物。水里又有了鱼，天上又有了飞鸟，地面上又长出了花草、树木。天神不允许花草、树木相互往来，自己在白天亲自监视这一切，晚上派猫头鹰巡察，谁也不敢违背天神的旨意，万物生灵的日子过得很宁静。

"有一天，一只熊在山林中找蜂蜜吃，它听到石洞中有人说话的声音，好奇地搬开挡着洞口的石头，关在岩石中的火种露了出来，那幸存的几个人也一个个从山洞中走出来，世上又有了人。人类知道火能够给他们带来温暖，又精心地将火种保留了下来。天神达西爷发现人类还在，很生气，正准备给予灭绝，地神麻西雍苦苦哀求，天神拗不过她，只好要求地神答应，人一年只能生一胎，不能再吃土，只能吃掉在地上的果子和树叶。可是那些从石洞里走出来的人很愚昧、顽劣，根本不把天神的话放在心上，又像从前那样，整天吃了就玩，玩够了就生下很多人，掉在地上的树叶、果子不够吃了，他们就扳倒树去摘，森林又开始减少，他们又把大地践踏得一片狼藉……

"天神见到它创造的万物又要被这些顽劣的人毁灭了，人在大地上真是祸害，他再一次震怒了，准备用洪水灭绝人类。为了不让地神麻西雍伤心，他把他的想法先告诉了地神，并答应把这些人灭绝后，允许她再创造有理智、懂本分的人类。为了在这些人当中寻找善良的人种，天神在洪水降临时变成了一只癞蛤蟆跳到路中间，他要看看谁在逃命的时候愿帮助他人。洪水汹涌地在大地上漫延，人类和动物只顾自己逃窜，从他身子踩过的人和动物成千上万，只有一个叫姆依吉的汉子停了下来，他好心地把癞蛤蟆捧起来放在路边的岩石上，癞蛤蟆又故意跳到地上，姆依吉再把癞蛤蟆捧回岩石上，不让洪水淹死它。连续几次，天神见所有的动物和人类都跑完了，他才变成一个童颜鹤发的老者对姆依吉说：'洪水将淹没整个大地，你赶紧到那座山顶上找个木仓，牵上一头牛和你一起藏在木仓里，任由洪水怎么拍打木仓，你都不要惊慌，即便木仓在漂浮你也不要出来，直到有一天木仓停止不动了，你再牵着牛走出木仓。那时候大地上已一无所有，你可以杀了母牛来充饥。但你千万要记住，牛肚子里的东西是你母亲地神的宝贝，你要埋进土里还给她。'

"天神说完化作一股青烟飘往山顶上，在那里晃悠，似乎在招引姆依吉，然后缓缓消失了。姆依吉才知道遇见了天神，自己也将有救了，他追着青烟来到山顶，果真看到一个大木仓，旁边还有一头母牛，这时候洪水正向山顶淹来，许多动物和人在狂涛巨浪中痛苦地挣扎，他赶紧牵着母牛躲进木仓，任洪水去冲。

"不知漂浮了多少天，木仓终于停止了，姆依吉打开仓门见洪水已退去。大地上什么也没有，姆依吉实在无法忍受饥饿，只好遵照天神的话把这头与他共患难的牛杀了充饥，牛肚子里有一颗葫芦籽，他遵照天神的指示把葫芦籽埋进土里。

"洪水退去以后，大地上又是一片荒凉，天神派他身边的乌鸦去察看大地上还有没有人类。乌鸦一去不回，天神又派老鹰去察看，老鹰也不见回来。他又派燕子去找乌鸦、老鹰，几天后燕子终于回来了。燕子说：'大地上的生灵全灭绝了，乌鸦、老鹰正忙着吃掉死尸，只是在莱姆山上见一个汉子坐在一个木仓边，很哀伤。'天神说：'那汉子就是大地的儿子姆依吉，他是个心地善良的人，可以让他作为将来人类的保护神，开导、抚养、奖惩人类。'亿万年过去了，至今佤族村寨后面还有一片神林，那里有一间小茅屋供奉着姆依吉。

"葫芦籽第二天就发芽，第三天就长出长长的藤，还开出一朵花，结了一个葫芦。葫芦随风而长，越长越大，长得比木仓还大。一天夜里，姆依吉在睡梦中隐约听到有人说话的声音，他爬起来四处寻找，发现声音是从葫芦里传出来的。他急忙采来有锯齿的扫把叶用来锯葫芦，一直锯到第二天黄昏才锯开一个小洞，在这个过程中，他不小心还锯着了一只蚂蚱的头，所以蚂蚱的尖头上至今还有锯齿痕。小米雀见姆依吉锯的洞太小，人钻不出来，就用坚硬的嘴啄，帮助姆依吉啄出了个大洞，人一个跟一个走了出来，飞禽走兽也跟着从葫芦里出来，大地上又有了人类、生灵。

"第一个出来的人见到光明的大地，惊叹地发出了'佤'声，他就叫'艾佤'，是佤族的祖先；第二个人发出'文'的声音，是彝族、拉祜、傈僳的祖先；第三个发出'太'的喊声，是傣族的祖先；第四个出来的是'赛开'，是汉族的祖先。接着葫芦里还出来很多的人，大地上从此有了很多民族。"

说到这里，布依劳又兴奋又有些累，他语重心长地说："你我虽然是不同的民族，可都是从葫芦里出来的呀！"

我点点头，很是佩服。古老的佤族人编织寓言神话时，也忘不了民族之间的团结。他们真是有想象力，把一个其实是对女性生殖器的图腾崇拜比喻为葫芦、山洞。用火、水两次毁灭人类的方式教化佤族后代要勤劳善良，要保护自然，才能长久生活在地球上。

这是多么有智慧和想象力的民族，难怪他们能在艰难困苦中挺过来！

叶萍将盛着泡酒的杯子递到我手里，要我敬敬荣哉布依劳。我这才从司岗里创世纪史诗的遐想中回过神来。

我遵照佤族人的习俗，先滴了一滴泡酒在地上，表示敬天神、地神，然后自己先喝了一口再敬给布依劳，感谢他让我明白了"司岗里"的意义。

这样扬谷子也叫"司岗"

他很高兴我能依照他们的礼节行事，布满皱纹的脸上笑得那样慈祥、灿烂！

"司岗又有什么区别呢？"我又问他。

"在讲创世纪诗《司岗里》之前已说过，'司'是虚词；'岗'在佤语中是动词，有'护育、保护、养护'的意思；'里'是'出来'的意思。在人类生活中，好些词在佤族中是可以用作比喻的。如佤族房屋顶上的叉，它不仅是一种房屋的装饰，也叫'司岗'，佤族有身份的人家木叉上还刻有星星、月亮的图案，有着'保护这座房屋里的人'的含义。在早期佤族人播种时用来掘坑窝的梭镖，叫'司岗'，套在猪头上防止猪偷吃庄稼的三角架叫'司岗'，搭在田野中让人站在上面扬谷子的三角架也叫'司岗'。'司岗'这个词在佤族中用得很广泛。"

我总算略为明白了"司岗里""司岗"的一些含义，对沧源的佤族更加充满了好奇，佤族每一个词汇都是一个迷人的故事，那么别的布依劳所知道的故事也一定很多。我便问荣哉布依劳："布依劳在每个村寨都有吗？"

"1950年以前佤族的历史，完全靠布依劳通过讲故事来言传。大小寨子都有着窝朗、魔巴、布依劳这三种人。窝朗是头人，权力大，主管寨子中的事务，是带有氏族性的。魔巴主管寨子中的宗教祭祀活动。佤族是信仰原始多神教的民族，对自然、精灵崇拜，认为万物都有灵魂，灵魂不灭。他们认为天地间有各种各样的魂、神，魂和神是没有区别的，天有天神，雷有雷神，河有河神，山有山神，树有树神，石有石神，火有火神，路有路神。鬼神无处不在，但是鬼神却也和人一样有善恶之分，恶鬼专门做坏事，善鬼虽然无害于人，但也不能得罪，得罪了不但得不到保护，还会受到惩罚。所以佤族村村寨寨都有魔巴，而且不止一个，数量视村寨的大小来定，有的多有的少，不分大小，谁对宗教懂得多，宗教仪式活动做得好，谁会被看作佤族中的知识分子，他们没有专门的传授制度，谁只要懂得佤族的历史文化，愿意向老魔巴学习做宗教仪式、卜卦、捉鬼、念咒语，宗教活动做得多了，也就成了魔巴了……"

说到这里，他又停顿了下来，想看看我对鬼、魔巴的反应，会不会嫌他夸张神鬼的魔法和力量。

我听得津津有味，也知道从远古开始到新中国成立，僻居深山的佤族人还不可能接触法制等具有理性的规章制度，他们要保护赖以生存的大自然，维护生活秩序，不用一种充满威慑力的观念来限制人们的行为怎么行？就连 2500 年前的孔子那样的大学问家，都说出了"获罪于天，无所祷也"的话，何况是没有文字的佤族人！我反而觉得这些魔巴在过去的历史时期，起到了约束人们劣行的作用。

见我很有意愿听下去，荣哉布依劳才再次接过叶萍的泡酒满饮了一口，继续说："布依劳也不是氏族制，他和魔巴一样首先要懂得佤族文化的历史文化，他不卜卦做宗教活动，他是一个自愿传播佤族文化的实践者。在佤族没有文字时期，佤族的历史文化传播方式主要有两种，一是通过宗教活动了解，另一种方式就是通过布依劳在火塘边向村寨的年轻人言传。懂得佤族历史文化又有组织和处理事务能力的人，是受佤族人尊敬的，布依劳不脱离生产劳动，他们自愿为佤族文化做言传服务，不计报酬，是社会活动的热心人。

荣哉布依劳在给佤族姑娘讲故事

"新中国成立后，国家民委派出了民族语言调查队与云南民语委一起到佤族地区，深入调查，广泛听取各地佤族代表的意见，把人口较多的巴饶格方言，也就是沧源县岩帅佤话语音作为标准音，拟定出用拉丁字母为基础符号的'佤佤文字方案'（草案）（在19世纪50年代初佤族被称为佤佤族）。1957年初这套用拉丁字母为基础的佤族文字试验推行，1958年又作了修正。'新佤文'的推行，受到佤族人民的欢迎，他们为有了自己民族的文字而高兴，从此佤文字与汉文字一同在佤族山寨推广使用。

"佤文字及汉文字在佤山普及后，佤族人才有了自己能使用文字的知识分子，他们用简便的方式，将佤族的文化记载在纸张上，现在又能输入电脑了。山寨中的布依劳渐渐少了，他们只是被看作会讲故事的人。就拿我来说，我过去是一名佤族教师，爱研究佤族的历史文化，退休了给人讲佤族山寨的事，佤族人就把我也称为布依劳。我觉得能为民族文化的发展和传播多尽些力是好事，也就自认是布依劳了。"

说到这里，他长长地吁了口气，似乎想抖去说话太久的疲劳，又补充了一句："暂时说到这里吧！要说下去，几天几夜也说不完呢！从前大山里的佤族人，没有电视、电影、广播，也不会看书，山居寂寞，只能在火塘边听布依劳摆古、讲故事，这个讲那个传，又一代一代补充、丰富，也就越讲越精彩。生活环境决定意识，这些传说也当然都是围绕着我们佤族人的生活和生存来编织的，多是善良、正直的故事。在那种与外界隔绝，经济原始落后的状态下，缺乏真正的权威（头人也不算永久的权威），他们只有依附于鬼神了。希望你能理解！"

我钦佩地点点头："你的话很有哲理。"

叶萍这才说："荣哉布依劳是我们沧源佤族第一位有副研究员高级职称的人。"

我更佩服他的谦逊敦厚了。这样有学问，却仍然不失佤族人的纯朴本色！

谈话暂时告一段落，我们又聊了一些其他方面的事，当他问及昆明的一些熟人，谈到与他们见过面的事时，我才想起来，我确实见过他。两年前我们来沧源，到达的当天晚上，当地政府和各方面有关人士宴请我们时，他从另一桌过来向我父亲敬酒，说："你是不是对西盟有些偏爱，常去那里，写得多的也是那里，我们沧源来得少？还有你那部电影怎么把佤族改写成了景颇族了……"

有人告诉我父亲，这是一位对佤族历史很有见解的人。

我父亲很高兴地和他交谈，还答应送他一本描写云南边地的散文。

当时人多又隔得较远，我没有过去说话，没有看清楚他的样子，他更是对坐在另一桌的我没有印象。却没有想到，如今这个荣哉布依劳就是他。

我提起了这事，他大笑，也说："那天你们来的人多，我也没有注意你！"

这样一说，相互也就觉得像老朋友似的熟悉了。

我说："在佤山这段时间，我想多走多看一些地方，还希望你和我多谈谈，多给一些指点。"

他点点头："可以，可以。"并且说："了解了佤族诞生的创世纪史诗《司岗里》，只能算走进司岗里腹地的大门，好似刚翻开一本大书，只读了引言。下一步确实应该多去访问一些村寨和一些了解佤族过往和当前生活的人。"他又给我介绍了一些人和地方，比如妹包永荣，就对佤族历史和文物很有研究，还可以去看看勐省、勐来那些已具有 3000 多年历史的崖画，曾经英勇抗击英帝国主义的班洪、班老，还完全保持着大片原始森林的南滚河自然保护区，更不能不去岩帅。"

可能他是岩帅人，对那里特别熟悉、有感情，又显得激奋起来了："来了沧源不去岩帅，可是最大的遗憾，也就难以全面了解沧源佤族。佤族文字就是以岩帅佤族语音为标准。新中国成立前的很长一段时期，那里的政治倾向曾经长久影响着澜沧、沧源佤族的生活，许多事多数是以岩帅为中心，所以新中国成立前夕的 1948 年，边纵的地下党人就是以岩帅为活动重心，1949 年 4 月中共地下党在澜沧佛房决定成立沧源县临时人民政府，县人民政府就设在岩帅，一直到 1952 年 12 月才迁来勐董。当时的第一任沧源县县长就是岩帅的头人田兴武。这是个功过都得细细评说的人物，你去岩帅就能比较详细地了解了……"

我点头："岩帅在沧源历史上真是不同凡响。"

"还出人才，有几个'第一呢'！"他屈着指头得意地给我算开了，"沧源第一个男女大学生赵家顺、赵家碧是岩帅人，沧源第一个研究生陈家庆是岩帅人，沧源佤族第一个上北京受到毛主席接见的也是岩帅的肖子生……"

我没有想到那个从前在传说中以善战出名，并给我神秘感的佤族部落，却会有这样多的文化人才涌现，也就问他："那里的教育是不是办得好？"

"当然，岩帅中学办得好，如今的校长是李梦林，和前几任一样能干、敬业。"

"我一定要去看看。"

"路况不太好，有些难走，不过值得去。如果你去，我愿意作陪！"他说。

我大喜，忙向他合掌："那太谢谢您老了！"

他谦逊地说："你一片热忱，不远千里而来，我哪能不陪同走一段路！何况我也想回家去看看。"

叶萍很高兴，笑着说："你对我们佤族的真情，感动了荣哉布依劳呢！"

我也笑着说："可没有木鼓那直达天庭的响声那样有力量吧！"

荣哉布依劳和叶萍都大笑。

我们约定了，等我在这附近几个地方的访问告一段落，就一起去岩帅。

小黑江南边曾经是古老的神秘部落，如今又是充满活力的佤族人聚居的地方，被我用粗大的字体记在了我的笔记上！

我们从荣哉布依劳家出来，天已经黑下来，从峡谷间吹过来的风有些凉，街道上亮起了璀璨的街灯，映照在那些身穿民族服装和时尚装束的人们身上，也增添了一抹色彩，显得那样安详。佤族小城之夜真是平和、美丽，这与荣哉布依劳讲述的那古老、遥远的司岗里（山洞）中亮起的火把，好似没有多大联系，但我仍然觉得每一盏牛头街灯都与那司岗里的火有着一些关系。佤山的灯火永远是灿烂神秘的。

佤族学者荣戕布侬劳和妹包永荣

　　人们说，妹包永荣是个大忙人，确实是这样。

　　叶萍帮我去联系了好几次，才找到他。这天中午，我们按约定的时间来到了他在勐董城源湖路的住宅。

　　那是座砖瓦结构、有着两层的四合院，宽敞，整洁，舒适。

　　看来妹包永荣一家都是很会料理生活的人。院子里种着许多南方亚热带常见的花木，一进来就闻到花香四溢，特别引人注目的是那棵结满了长圆形黄色果子的香橼树。最浓郁的香气就是从这树上散发出的。

　　我熟悉这种有短刺、叶子呈卵圆形的常绿大灌木，果实虽然不能吃，果皮却可以入中药治咳嗽多痰。但人们更喜欢的是它的清香，把它放在枕头边、衣柜里，衣被被熏染也都散发出沁人的香气。这本来是广东、福建的特产，没想到在这佤山上也见到了。如今花期已过，如果开花的时候来，就可以看到满树都是淡紫色花瓣，清雅极了。我想，佤山的珍奇树木很多，他们家却种了这香橼，是因为它开花时美丽，结果时浓香吧！或许也和他们家有一定文化修养有关呢！

我正观赏着，妹包永荣从室内出来迎接了，还连声说："对不起，对不起，这两天事多，今天上午又忙于去收集几件佤族民间工艺品，只好让你们中午来。"

他虽然名字上有个"妹"字，却不是佤族女子，而是一个壮实的佤族男子。浓眉，大眼，长方脸，大个头，谈吐动作都散发着佤族汉子的阳刚之气，更看不出他已经是年过六旬的老人。

来访问他之前我就知道，他退休后的兴趣是专注于研究佤族的文物和工艺品，收藏颇丰，也积累了深厚学识。我也正是冲着这个方面，请叶萍帮忙，一次又一次找他的。

我想，那一定是很有特色的佤族工艺品，不然他不会那样忙着去收集。就直率地说："能给我们看看吗？"

"可以，可以！"他掏出钥匙，打开旁边的一间房子，引领我们进去。

屋内真是琳琅满目，挂着的、堆着的都是具有佤族特色的物品，有大有小，色彩也浓淡不一。我不知道应该先看哪些，这不是博物馆，没有按次序陈列，也没有说明的标签。

佤山的大葫芦、小葫芦

他先抬起了 5 个不一样的葫芦，说："这是我收集的佤山最大的长形葫芦和最小的圆形葫芦。你们看，大的多雄伟，小的多精巧。我还有一个最大的圆葫芦，可以说是葫芦王，送去请人在表皮描绘彩画了。传说中的司岗里有一种解释，说我们佤族是从葫芦里出来的，所以佤族居住的一些地方，也被称为'葫芦王地'，这只是传说，但是我们佤族的先民从前在山林里过着原始状态的生活时，还没有如今的锅瓢碗盏，葫芦却是长时期发挥了作用，用葫芦做碗、瓢，装粮食种子，装药粉，远出的时候用来装水解渴，学会了酿酒后又用来装酒，姑娘们还选择形状独特的葫芦当作装饰品。从只会用树叶子、竹筒盛食物到广泛使用葫芦，可说是我们佤族先民的一个大进步。佤族人长期对葫芦的使用，也就使其对葫芦产生了深厚的感情，我们的一些祖先更是把自己看作是从葫芦里出来的。这也是环境决定意识吧！"

我想起了两年前去班洪访问时，那庄严的班洪抗英遗址碑的基座下面就塑着一个两只牛角环护着的葫芦，造型颇为庄严、精巧。葫芦在佤族人的生活中真是无所不在！

我想汉族和其他民族也长久使用过葫芦，唐宋朝代经济文化已是那样发达了，生活用品也比较精巧，但民间还在使用葫芦，《水浒传》中的"林教头风雪山神庙"章节里，林冲去买酒喝，就是"花枪挑了酒葫芦"，但是汉族对葫芦怎么没有佤族感情深呢？是不是佤族由于僻居深山野岭，经济发展慢，依赖葫芦作用具的时间特别长？如果有人文学者深入佤山来调查研究，可能会从那石器时代、青铜器时代、铁器时代的大历史分野中，写出佤族历史发展那特有的一章！

我正对着这些葫芦观摩、遐想，妹包永荣又从屋角落里拿出几件样式古朴的刀、叉、梭镖……

他说："外地人都知道我们佤族人从前长时期是刀耕火种，但用什么刀，怎么耕种，却说不清楚。看看这些工具就明白了。"

原来我也以为，佤族人"刀耕火种"用的刀，是如今还在边地看得见、成了装饰品佩在腰间的长刀，见他拿起一把长木柄大刀，才知道是用这种刀头呈月牙形的长刀来砍倒小树草丛，柄长也好挥舞用力，而那种头部像古代钩镰枪、尾部多了一截铁梭镖的器械，则是一物多用，可用来剥树皮、钩大树高处的野果子，还可以用梭镖刨坑点种旱谷。还有翻晒粮食的木叉……都是如今农村难以看到的珍贵"文物"了。

他又说："落后的刀耕火种，粮食自然不够吃，狩猎也是我们佤族的一项主要活动。对近处的野物可以用梭镖掷。从前的佤族汉子多是发力猛、投掷得准的优秀标枪手，飞跑的麂子、野羊，被他们一枪就镖倒了。远处的野物就得用弩弓……"

他拿出了一张已黑得苍老的弩弓："这是硬弩。射程远，可以达三四十米，穿透力也强，几张牛皮都能射透。从前部落之间的械斗也是用这些平时耕作、狩猎的工具。1934年班洪部落抗击英国侵略者也是用这些刀、弩、梭镖，英国人可是有机枪、大炮、飞机呀！那些现代化武器的杀伤力很大，但是我们英雄的佤族人还是用这些冷兵器前仆后继地把侵略者赶出去了。"说着，他又扛起了一具像古老座钟一样的东西，问我："认得这东西吗？"

我晃动了一下那悬在弯弓形外罩里的铁壳，里边一块铸铁发出了清脆而又沉重的响声，"铃铛"。

"对，是铃铛。不过这是驮在牛背上的铃铛。从前我们佤山没有公路更不可能有汽车拖拉机，也没有马帮，运输工具就是牛。大队的牛必须有一条头牛带领，后边的牛群就是循着头牛项下的铃铛有节奏的响声，在弯曲的山路上有次序地行走，山岭再高，树林再深密也不会走散。那次抗英战斗，我们佤族人就是用牛队给前线运送粮食的，男子汉都上阵杀敌了，就由妇女来赶牛；听见远处的牛铃响声，汉子们就知道是自己的母亲、妻子、女儿上来支援了，也会更勇敢地去战斗。"

我眼前似乎听见了山岭上激烈的炮火喊杀声中，还夹杂着响亮、沉重的牛铃有节奏的响声。还看到了走在牛队前后身着紫红筒裙、神色焦急凝重的佤族妇女。牛项铃的每一下响声都传得很远很远，似乎在告诉正在拼杀中的亲人们，我们来了，来了，离你们很近很近了……

那是多么壮丽的图景，每一下牛铃的响声，都似乎是在呼喊人们的不屈。将来若有人来写这场班洪抗英斗争史，怎么能不认真描绘这如今看来原始落后、当年却在卫国戍边中发挥了重大作用的武器和运输工具？

他还抬起一根锈迹斑斑、上细下粗、口径有酒杯那样粗的铸铁管，告诉我："这是班洪部落在抗英斗争中用过的土炮，不过底座已经丢失了。这种土炮装 2 公斤火药，用碎铁锅片当子弹，发射的时候用 5 尺长的香火线点火，轰出去颇有杀伤力。在南滚河伏击战、南依河激战、火烧龙头山战斗中都发挥了作用，打死过一名英国军官和几名士兵，有一次还一炮轰掉了英国侵略军的军旗，有力地震撼了敌人。可惜当时这种土炮太少了，在佤山里火药、铁片也难找。那次打仗，主要还是靠梭镖、弩弓。"

我真佩服妹包永荣能把这些珍贵文物寻觅收藏，也深感他的良苦用心！

这些表面看来简陋、古旧的大刀、梭镖、弩弓、土炮、牛铃的内涵多丰富，这都是与佤族这个不为艰辛苦难、外力所压倒的民族的历史和生活有关联的物件啊！

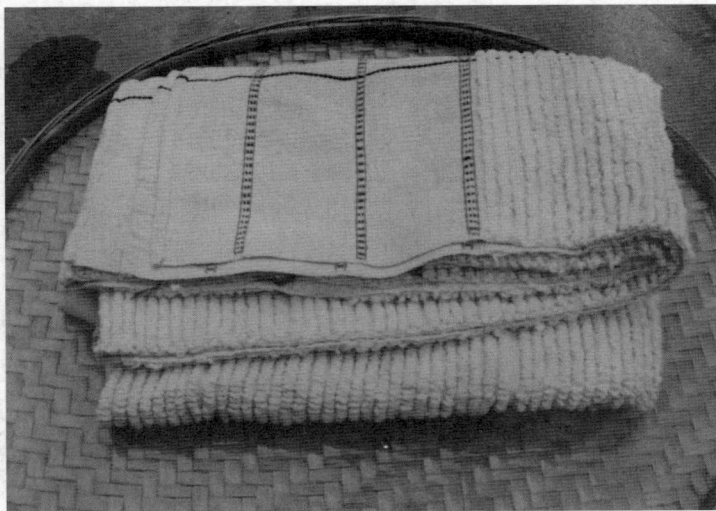

佤族人纺织的毛毯

室内的气氛颇压抑，那苦难的历史实在是太沉重了！妹包永荣有意转换一下话题，他拿起一床毯子："你们只知道佤族人的筒裙、筒帕（挎包）织得好，从前有些巧手的妇女还能织出这样高质量的毯子呢！你看经线纬线匀净工整，一面是绒线的，一面是平的，厚重柔软，盖在身上比一床被子还暖和。如今外地有棉被和毛毯运进来，这种工艺快失传了……"

我虽然走过一些佤族村寨，却还是第一次看见这种工艺精致的织品，深感精巧，也觉得能收集到这东西不容易。

他又拿出一些竹木雕刻、银饰等小物件给我看，说："这多数是我们岩帅的产物，用心寻找，也许还能得到一些。岩帅人很自强，处处争先，吃的、用的、穿的，都比别的佤族部落人讲究一些，也就造就了不少能工巧匠。"他说起岩帅，也和荣哉布依劳那样兴奋、激动。

当我告诉他，荣哉布依劳过几天要引领我去岩帅时，他高兴地说："应该去，应该去。你会有收获的！"

我想，要是他也能去，边走边看边给我指点，那多好，当我试探地问："你也能去吗？再有你同去，我的收获肯定会更大。"

他沉吟了一下，说："既然你远道来一次不容易，荣哉布依劳也去了，我也应该尽一份力，陪你走一趟吧！"

我又一次大喜，这两位佤族老人真是豪爽热情。我这次沧源行，能遇见这两位佤族学者，真是出行大吉！

神秘的崖画

　　岩壁上有画的地方不少，但绘在沧源山岭上的佤族崖画却有着它的特异之处。这些崖画，最早是在 1965 年被发现的，以后又陆续发现十几处，都是绘制在海拔 2000 米左右峻峭山岭的岩石上，所处较高，石壁也比较平整，每幅崖画都很宽大，也就显得特别有气势。科学家们曾经使用放射性碳素测定，这些崖画年代久远，距今已有 3000 年左右的历史了。

　　3000 年，这是多么遥远悠长的年月。那时候中国画还没有形成，人物画是晚周至汉魏、六朝才逐渐成熟，帛画、漆画、木简画等品种也只是活跃于战国时期和汉代，名列中国美术史第一位的画家赵岐也只是东汉时期的公元 201 年左右才出现，但是比他们早了千余年左右的佤族先民却在这原始森林密布的深山野岭里作开了画，虽然笔画简略却线条清晰、构图缜密、画意明白，而且这些崖画分布点很多，可见佤族人早就有一大群想象力丰富、艺术感强的画家了。如果没有贫困、饥饿、战乱和封闭生活的限制，而是让他们早早地与外界交流，并且有序地发展下去，那么他们的成就将会如何？肯定会震惊中原大地。

3000年前的佤族崖画——狩猎场景

来了沧源当然得观赏这些崖画。

这天一大早，佤山冬日浓厚的晨雾还没散，我们就前往沧源崖画最早发现地——勐来乡、勐省镇了。勐来乡距离县城15公里，勐省镇距离县城60公里。勐来乡有面积188.094平方公里，整个乡以南董河为中心向两岸发展，由于地处喀斯特地貌，自然景观奇特。东看，有座山峰似一位佝偻老者对着山林凝视沉思；南看，勐董河上游又有一座险峻的岩峰如同一匹骆驼站立在山间，雨过天晴后，云雾飘浮，那骆驼也就时隐时现，如同在天际缓缓行走。景色神奇的峡谷、溶洞让我们有目不暇接之感。佤族祖先不仅在这里生活（1981年9月，在丁来村公帮热山的山腰，发掘出打制石器的刮削器、砍砸器、石矛头，磨制石斧、石镯、石箭等石器，纹饰中有兰纹、绳纹、科方格纹、人字纹。这里被定为丁来岩厦新石器时代遗址，这些出土文物也是佤族祖先曾在这块地域生活过的见证），还在崖石上用动物血拌生铁矿粉，形象地绘下了他们的生活。

我和叶萍乘车来到勐来乡民良村，又弃车步行，向那座贡让不得山爬去。这里的海拔1460米，一路上树林稠密，一阵大风吹来，成熟的野橄榄落得满地都是。为方便游客观光，通往崖画的山路砌有弯弯曲曲的石台阶，走累了可以在路边那古色古香的凉亭中歇息，走热了可用那条从山上潺潺流下的泉水洗去脸上的汗，山泉的清凉顿时让我心旷神怡。约走了40分钟，我们来到一块从山腰伸出的如同平台的大石上，在这石平台上方，坐西朝东的崖壁上，画面从南向北有10多米高，错落有致地绘有红色三角形小人，还有牛、猴、大象、豹子。小人一概不画五官，3000多年前的生活场景用四肢来表现，动物用角、耳朵、鼻子、尾巴来区分，神似逼真。30米长的崖画群分为6个场景，上层的人物头部、臂上戴有饰物，手牵着手的动作一致，像在集体跳祭祀舞。爬山下山的人们动感很强，中间部分有一个人骑在牛背上，两人各牵一条牛，牵牛绳不像现在穿在牛的鼻孔上，而是拴在牛脖子上。这一画面反映出，佤族在3000多年前并不把牛作为生产工具，而仅仅是将其畜养作为食物。在画面右下侧有两组顶杆的人，每组两人，两组叠立的人物也是4个人，甩球的人群中有1人坐着，平伸出手臂，手臂上站有1人，也是伸开手臂，在他的手臂上还轻巧地站着1个人。从这画面可以看出他们是在表演杂耍。一个头上有光环的人，手持矛、盾，似乎是《司岗里》中描述的天神。这幅由200多幅图像组成的崖画，于1965年夏天发现时被命名为《猎牧图》《叠罗汉图》。

我惊异于这些远古的佤族画家想象力的丰富，如果没有这些崖画，我们怎么能知道几千年前佤山人民原始的生活状态？画家们没有把这些画留在竹木结构的茅屋里或竹简上，当然是明白那些竹木的缺陷，只有在这高大坚实、宽敞的岩石上才能让他们安心作画，但山这样高陡，从前的树林也一定比现在稠密，可能还有凶猛的野兽出没，他们在脚手架也不可能有的情况下，又是怎么攀上这难以立足的陡崖作画？特别是那些连现在的画家都配制不出的、经历了几千年风雨（佤山每年夏秋的雨季可是一下就五六个月）和亚热带南方炽热阳光的吹打淋晒也不会消失的颜料，又是怎么配制的呢？真的如人们所说，这些画是用牛血拌赤铁矿粉来画而永不褪色的吗？为什么我们今天作画的颜料还不如两三千年前佤族先民中的画家使用过的颜料呢？看看街头那些油画、水彩，没过几个月就在风雨中黯淡剥蚀了，配色工艺的退步也令人感叹！

牛头指路碑

　　我问同行的叶萍，除了牛血、赤铁粉外，还有什么奥秘。
她虽然是佤族人，又常来这里，但也只能摇头。

　　这辉煌的原始艺术是怎么形成和保留下来的，我看还是一
个谜！

　　从贡让不得山下来，叶萍说："我们现在去勐来乡丁来村，
那是随后发现的崖画第二号点。"

丁来村的自然景观也很美，往西的山坡上生长着大片董棕，高高矮矮地如一把把绿色大伞撑在4万多平方米的山间，形成了万千个让各种动植物在这里栖息的大阴凉地带。往东的大寨村中，有一棵大榕树，树冠达40多米，1米粗的气根有十几根落到地上，又是一道独树成林的景象。

丁来村东北的贡帮热山崖海拔1520米。有一条山路通往山顶，绘有崖画的崖面坐西朝东，崖下有四五米的一块小小平地，崖画四周被茂密的树木包围着，25米长的崖画上绘制的是一座大村落，用线条勾勒出椭圆形的寨墙，墙中有16座干栏式佤族房屋。画面左方绘有一条路，路上有10多个人背着刀枪、棍棒或手持弩弓。这些人物是部落中的战斗主力，前面的人已到达寨门，后面的人还在拉开大弩做射击状。右侧绘有赶着猪、牛、马、羊的人物从另一条山道向寨子过来，那可能是缴获的战利品吧！队伍中有个人高举着右手做着与大家招呼的姿势，他的上方小路上有4个人扬起手应和着，那神态表现出胜利者的喜悦。画面上还有一个人匆匆地横穿过田野朝寨子走去，这是一位抄近路回寨子报信的使者，跨出的一只脚比其他人的脚长两倍，显出一种急切。画面上有4条道路，左边第一条小路上绘有1个人挥着木棍赶打像条牛的大动物，左边第二条路上有3个人也是手持棍棒，吆喝着一头猪在赶路，走在后面的人拖着1匹动物，手正捏住动物的尾巴，动物做挣扎状，想从人的手中脱逃。画的下方有一群人在舞蹈，庆贺这场战争的胜利。这幅11.4平方米、有图像100多个的《战争凯旋图》，让我能感到处于远古时期的佤族祖先在部落战争中作为战胜者的喜悦。

下了贡帮热山，我们又前往丁来村以南的让同脑山。山脚下是勐董河奇观落水洞，在落水洞顶端一大块钟乳石上，1981年又发现了 30 多幅崖画。叶萍说："这个点的画面不多，我们去勐省满坎村，那里也是崖画的集中点，特别是我们老祖宗在那里留下了印迹。"

这一带山林起伏，往哪里去都要翻山越岭。从前这里全是原始森林密布，如今树林少多了，不过远处山岭仍然是郁郁葱葱。

公路边有座高高的、顶端雕刻着 3 只大牛头的指路碑，指明左去孟定、右往勐省。牛头的神态生动、真切，有的是长长的弯角，有的是排角长伸，告诉从孟定来的人，从这里起就进入佤山了。真是与众不同的路碑，也可见佤族人对牛的喜爱！

我没想到会在这里遇见这样的一件艺术品，停下车看了又看，可惜不知道是哪位雕塑家设计的。

满坎的 3 个崖画点都是于 1965 年被发现的。丁来村虽然与勐省镇的满坎村接壤，但气候、土壤却与勐来乡完全不同，属赤红壤地区，东部低热河谷地，海拔 1780 米。我们由满坎办事处向西南方向走出 5 公里左右就到了让索山。让索山藏着大量的赤铁矿，崖面红色，凸凹不平，四周杂草丛生，绘有崖画的崖面长 15 米、宽 1 至 2.5 米，分为 5 个小部分，描绘的人物依然同丁来村一样呈三角形，也是不绘五官。画面上绘有建于树上的房屋和小桥围猎的场景，最为难得的是在这组画的第五小部分有一只手的印迹，佤族还没有文字的时期，这锈红色的手印可能是某位画家完成他的画作后的签名吧。画面的第三部分有一个洞穴，钻进洞中能看到据说是古人绘画的颜料赤铁矿。我拾起一块透着锈色的石头，既佩服又怀疑佤族的祖先3000年前是不是真的从这石块中提色作画。在满坎还有另外两处崖画点，一处在南面的不达农索山，山上树林茂密，崖画绘在一块坐东朝西、"门"形的岩石上，人物色彩是崖画中保存较完好清晰的，只可惜随着年代的久远，崖下长起一道柱形钟乳石，将画面遮去很多，只看得见20幅。另一崖画点在满坎办事处西南面的不达山崖，崖画绘在坐西朝东的崖石上，图像有70幅，也许是用的颜料不好，又长年露在日光下，图像已经不清晰。

沧源崖画共发现13处，划分为10个点，其中3个点在勐来乡，7个点在勐省镇。这些崖画中的9个点在1400米至1780米的山崖上，只有勐省和平办事处往北4.1千米的让得来山的崖画所处地势较低，只有1000米。这里的崖画也是于1965年被发现的，是沧源崖画中最大的一组，与其他崖画不同的是这里的画面多数表现为舞蹈，且舞蹈带有浓厚的宗教色彩。还有一种是模拟打猎的姿势，另一种是模拟战争，从画面上来看战争并不是人与人而是人与兽的搏杀。舞蹈一是为出征狩猎而舞，二是庆贺狩猎归来而舞。为了表现舞姿的优美，舞蹈者的手都一样修长。

有些舞蹈者头插羽毛、兽齿、兽角、兽尾，身披鸟羽，从这些也可以大概了解佤族先民的服饰？以及他们的审美情趣。观看崖画时，叶萍不和我多说话，只是为我带路，提醒我没有注意到的图像。回县城的路上，我问叶萍是不是累了，还是不舒服。

她说："看崖画不能叽叽喳喳地说话，那样你会看不到内在的图像，要潜心寻找，用心地去看，才会透过画面发现你难以理解的画意。我每次来都能看到和前几次不同的内容。我们佤族老人说：'这些崖画会随着天气的变化，颜色变得或淡或深，它们是有灵气的图像。'每逢节日居住在附近的佤族、傣族人都会上山来向'帕典姆'祭拜（帕典姆，佤族话意为'有画的崖'）。可见沧源崖画是来自宗教信仰。"

看了一天沧源崖画，我仿佛看到了佤族 3000 年前的生活场景，听见了他们的歌和他们的话语。那些我看不懂、猜不到意思的图像，给我一种神秘感，也许像叶萍说的要多来几次，用心看，用心琢磨，才能看懂画中的含意。只要诚心，就可能找到打开这深藏于山林间的佤族崖画奥秘的钥匙。

以黑为美的佤族人

来到沧源，我被一种并不鲜艳却很有亮点的颜色强烈吸引着，无论走到哪里，它都像佤山色彩中的主旋律似的影响着一切，那就是黑色。

叶萍说："你的感觉很对，黑色是佤族的吉祥色。有关佤族喜欢黑色、赞美黑色的事例很多，今天我带你去感受感受黑色在佤族生活中的魅力吧！"

以黑为美的打歌佤族妇女

她拦了辆的士带我到勐董镇的怕良村去。她说："在沧源的佤族普遍用黑色做主色，但是使用得当、显得最为美丽的地方，一个是岩帅镇，一个是勐董镇的怕良。"

车沿着勐董河边行驶着，一只白色的大鸟在水中扇着翅膀。我问叶萍："是不是白鹇？"

叶萍笑着说："这里哪有白鹇，白鹇躲在安墩山的林子里不敢出来。"

"怎么，怕被人伤害吗？"

"哪里，它是个不诚实的家伙，不受怕良的佤族人喜欢。在怕良佤族当中还有个不喜欢白鹇的故事呢。"

过去白鹇和乌鸦是很好的朋友，白鹇比乌鸦长得高大，乌鸦尊称白鹇为大哥。两只鸟都有一身雪白的羽毛。一天，它俩相约飞到安墩山游玩，玩够了，两只鸟在一棵大青树上歇息，树下有一潭清泉，白鹇低头看见泉水中映出它和乌鸦的身影，虽然它有着鲜红的羽冠和爪子，但是由于它身子比较肥大，尾巴又拖得很长，水中的它看起来就没有身子小巧的乌鸦小巧美丽。

白鹇越看越嫉妒，就说："小弟，你看我们的羽毛虽然白得美丽，但还是有些单一，要是能再画上些花纹就更漂亮了。"

诚实的乌鸦想，要能够更美丽，多好呀！

它问白鹇："大哥，我们用什么方法才能在羽毛上画出斑纹呢？"

白鹇说："很简单。你去佤族山寨向她们要点扎染衣服的靛汁来，我去很远的地方找会写字的人借支笔来，就能把我们打扮得更美丽了。"

朴实的乌鸦愿意去很远的地方借笔，让白鹇去佤族山寨要靛汁。白鹇假作大方地说："我是大哥，吃苦的事应该我去做，你还是去找佤族人要靛汁吧。"

乌鸦感到白鹇真好，很高兴地朝佤族山寨飞去，来到现在的怕良。在空中，它见到一个老妇人正在染布，忙飞近，有礼貌地问："尊敬的老奶奶，你好。能给我一点靛汁吗？"

"好有礼貌的小白鸟，你要靛汁做什么？"

"把我的羽毛画得更漂亮。"

"呵，你拿什么装靛汁呢？"

乌鸦才想起来，自己走得匆忙，什么东西都没有带，也没有那些竹筒、水葫芦。它着急地抖动翅膀想不出办法。

善良的老妇人说："你飞到我身边来，我帮你画好吧？"

乌鸦说："我不能只打扮自己，还有大哥白鹇鸟呢。"

老妇人感动地说："好心的小白鸟，你真讲义气。那我给你个葫芦装靛汁回去，你和大哥分享美丽吧。"

乌鸦谢过老人，叼起盛有靛汁的葫芦往回飞。

装满靛汁的葫芦很重，乌鸦用力叼着，也就飞得很慢很累，几次差点要从高空中坠下来了，它又挣扎着向前飞行。飞过小河、树林、有崖画的山岭，终于飞到了安敦山下的大青树前。

白鹇并没有去找笔，它在泉边捉了许多虫子饱餐一顿后，悠然自得地梳理起它的羽毛，听到乌鸦飞回来的声音，它从地上抹了些灰在尾巴上，猛然飞上大青树，因为用力过猛，累得直喘气，给乌鸦的印象，它似乎飞了千里万里才累成这样。乌鸦把盛有靛汁的葫芦挂在树上，问白鹇："大哥，笔借到了吗？"

"哎呀！我不知去了多少地方，就是没有找到可以为我们画花纹的笔。人们说还没有做出给鸟文身的笔。"白鹇说。

"没有笔，靛汁也就白要了。"乌鸦遗憾地说。

白鹇晃了晃它鲜红色的凤头，从腋下拔了一根羽毛下来说："小弟，拿这个在我身上试试，如果画得好看，再在你身上画。"

乌鸦觉得白鹇大哥对它真好，就听从白鹇的指点，精心在白鹇的羽翼外侧画出了一道道黑色的斜纹。

白鹇对着泉水看到自己鲜红的冠羽和雪白的羽毛在黑色条纹的衬托下，比过去显得修长美丽多了。它觉得可不能这样打扮乌鸦，那会比自己更漂亮。就假装要为乌鸦细心绘画，哄它说："小弟呀，大哥要把你打扮得更娇媚。来，闭上眼睛。"

乌鸦奇怪地问："怎么要我闭上眼睛，你没有闭眼睛我不是也把你画得很美吗？"

"唉，傻瓜，我是想给你一个特大的惊喜。"白鹇故作深沉地说。

乌鸦老实地闭上了眼睛，白鹇快速地把靛汁淋满乌鸦全身。靛汁透过羽毛，甚至几乎浸透了皮肤骨肉。

乌鸦感到身上湿淋淋的，还以为白鹇鸟是使用中国画的泼墨法大笔写意呢！但是等了好半天，身上的羽毛都快干了，白鹇鸟还没有动静。它睁开眼睛一看，白鹇鸟不见了，大声喊也没有回音，抖动翅膀全是一片乌黑，它觉得不妙，忙飞向那塘深泉。泉水中的自己，全身一片漆黑，已经完全失去了从前的美丽，乌鸦急得伤心地哇哇大哭起来，它从白天哭到黑夜，又从黑夜哭到白天，嗓子哭成了沙哑的，声音不再好听了，飞到哪里发出的叫声都是令人讨厌的破锣烂鼓似的"哇哇哇"声。

这事情传到了佤族村寨。刚强、正直、好打抱不平的佤族人很生气，认为它们既然是弟兄，哪能这样做？我们佤族人喜欢黑色，你白鹇鸟以黑为丑，也是对我们佤族人的不敬，我们可要收拾你！

年轻的猎手带着强弓硬弩去山林中寻找白鹇鸟，要射杀它，吓得白鹇鸟东躲西藏更不敢下山来了。

好心的佤族人对乌鸦充满了同情，剽牛时，把鲜嫩的牛肉丢给它吃，让它营养丰富，羽毛黑得发亮且具有绿蓝色金属光泽，从而有一种独特的美！

我不知道这是哪位佤族智者编撰的故事，在别处饱受歧视的乌鸦，却在这里受到了恩宠，恢复了它在古代就受人喜爱的地位。宋代诗人范成大的游记中就写道："神女庙，庙有驯鸦。客舟将来，则迓于数里之外……船过亦送数里……土人谓之神鸦，亦谓之迎船鸦。"杜甫的《过洞庭湖》诗，也有这样的句子："护江盘古木，迎掉舞神鸦。"这与佤族人对乌鸦的尊崇是不谋而合的。只是白羽毛的鸟很多，怎么偏偏是这世界有名的观赏鸟白鹇（又名银雉、白雉），会惹怒佤族人？

我想请叶萍给我再讲讲有关这白鹇鸟与佤族人的寓言。她笑着摇头："我不会，要找那些老人。"

但是从这个故事却可以看出佤族人对白色的嫌弃，把白色视为虚伪、不诚实。

老而俏的怕良佤族阿奶

叶萍为我讲完这个故事，我们也到达了怕良村。

车辆进村时，村子旁边一户人家的窗子、门里有人探出来头张望。我见一位裹着大黑包头的老太太凝视着我，向我摆摆她手上的烟斗，她头上硕大的包头巾遮严了窗子的空间，远看像一幅装在镜框中的油画。

"包头打得大，是富有且讲究的象征。怕良的服饰很有特点，去年我专门来这里收集过她们的服饰，和这个村子的人很熟。那老太太是岩板的母亲，不会说汉语，她向我们摆动烟斗，意思是请我们进去抽烟。佤族男女都会抽烟，佤山妇女请抽烟好比城里人请吃零食一样随意。"叶萍边说边领我向岩板家走去。

这一带佤族人的房屋多是砖木结构，古朴简单。

岩板家的屋里屋外堆满了刚收下来的金黄金黄的苞谷，老太太高兴地端过藤篾编的小凳子让我坐，又急忙去吹火塘，给我们烤茶喝。

叶萍用佤语告诉老人，我是特意来看她们服饰的。她点点头，从火塘边床铺上拉起一个小男孩说了几句话，那神情是交代小孩去做什么。屋里光线暗，我们进来时没有注意到火塘边睡有人，男孩走出去了，我也没有看清他的脸面。倒是火塘的光把老人的一口黑色牙齿照得发亮。叶萍告诉我，佤族把黑视为美丽，每年农历八月，他们要上山采摘鸡矢藤尖或果实，放在嘴里嚼，把牙齿染得又黑又亮。鸡矢藤有防虫、保护牙齿的作用，许多老人七八十岁了还齿牙坚实。

　　岩板的母亲为我们沏了茶，就进到堂屋右角的蚊帐背后去了。我喝了一口烤茶，很香、很苦，苦味过后，喉咙里回上来一股清凉的甜味，很舒服，很解渴。

　　这时候外边有重而快的脚步声，从门外匆匆进来一个中年汉子。叶萍为我介绍，他就是岩板，是这个村寨的村长。他边放下手中的镰刀边说，他正在田里忙着割谷子，儿子去叫他。听说有客人要来看佤族服饰，他就放下活计赶回来。在回来的路上他已通知了几家人，穿上他们的漂亮衣服过来。

　　岩板的汉语说得流畅，很容易和他交流，我正想和他聊聊，他又急匆匆出门去了，屋外传来鸡扑着翅膀的叫声，叶萍说："岩板去抓鸡来招待你。"

　　不一会儿他就抓来了一只小黑母鸡，我看鸡太小，不忍心让他杀了吃，再说这天我们也不能在这里吃饭，忙劝他："别杀它了，它还小呢。"

　　叶萍解释说："鸡不在大小，看毛色，岩板把你当贵客，特意杀只黑鸡招待你。佤族风俗禁忌杀白羽毛的鸡招待客人，如果想不再往来，当面杀只白鸡，双方就不再是朋友了。"

　　我受宠若惊地有些坐不住，搜寻着挎包里有什么东西可以作为礼物送他们，最好也是黑色的，但我出来时却忽略了这件事，觉得很不安。

　　叶萍安慰我："别这样在意。你远道来做客，他们就很高兴了，特别是你又穿了这样一套黑衣裙，让他们看来你很懂礼节。"

　　我是便于在灰尘扬起的山路上行走，特意换了一身黑衣黑裙，没想到正迎合了爱黑色的佤族人的心意。也算巧合吧！

过了一会儿，岩板的母亲从蚊帐后面走出来，她换上了新的黑色带穗包头，穿一件黑土布开右襟上装，袖口镶着孔雀蓝两寸宽的边。下身穿着一条用深咖啡色、黑色、孔雀蓝三种颜色织的条纹筒裙，裙边上绣有"艹"形图案，耳朵上挂着大银花耳环，脖子到胸前挂满两只大银项圈和一串串银链。她很大方地走到我跟前让我欣赏。

"哇！"真是人是桩桩，全靠梳妆，她一下变得精神抖擞了，老态也减少了许多。这以黑为主色调的佤族衣裙，配上显示财富的银饰，真是富丽庄重。

老人这样热情展示地自己的服饰，我也就敢凑过去细心审视她的包头、服饰、面容、身材。虽然岁月的风霜已经使她满脸皱纹，皮肤也失去了光泽，但从她微长的脸庞和匀称的身材仍然可以看出她年轻时一定是个黑得俊俏的美人。但是佤族妇女的黑不是鬐黑，而是微黑当中渗有淡淡的古铜和粉红，闪亮闪亮的，充满了健康的活力。这是亚热带南方阳光和佤山水土融合造就的特殊肤色，她们当然引以为傲。

我一边看一边惊叹地赞美。老人更是笑得得意。

一个背着竹篾背篓的姑娘进来了，她黑色上衣镶着宽大的孔雀蓝袖口，穿的也是用紫红、浅黄、黑、蓝几种颜色织成的筒裙。虽然是平日的着装，却整洁、朴素，很有情调。她见老人在为我展示，也微笑着自动加入，让我前后左右来观赏她的衣裙。

岩板家热闹起来了，村里男女老少纷纷来到屋里坐下。他们直爽好客，见到我这陌生人并不拘束，还帮着主人给我倒茶，剥新收下来的苞谷炒给我吃。

怕良寨的佤族姑娘

我仔细观看她们的服饰，妇女全是一色的黑色开右襟的上装，孔雀蓝布镶边袖口，下身的筒裙主体没有变化，只是根据自己的喜好用深咖啡、黑、孔雀蓝三色织成宽横条纹，条纹与

条纹之间的分隔线用金黄色、黑色或大红色。每条筒裙上也是
绣有"艹"形图案以作装饰。妇女姑娘腰间都系着一条大红色
或五彩条纹腰带，黑色上装在色彩艳丽的腰带衬托下显得特别
庄重。区分怕良女子有没有结婚的标志主要在头上。妇女打黑
色带穗的包头，姑娘头上有个黑红线编织的发箍，拢住头发。
这里的佤族姑娘是不把头发编成辫子的。

一身黑色装束的怕良佤族男子

怕良的男子全是一身黑色打扮，打穗结的黑包头、黑对襟
上衣、黑大摆裤，人人背统帕（挎包）、挎长刀。男人的装饰

只是在挎包、长刀，还有那根系住大摆裤的腰带上。这根腰带有大红色、蓝色，主要讲究在腰带上从衣裤间露出的那段腰带头上，腰带用野茨仁谷（一种野生植物，成熟后像一颗长形光滑白亮珠子）绣有"艹"形图案，并缀有各色小绒球，给人的感觉是威武又沉着。

岩板告诉我："从前在佤族地区赶街子，或者在森林中遇到佤族人，不用问对方是哪一个村寨的，看看服饰，就能分辨出这人的身份，来自什么地方。新中国成立前，佤族的衣服有富人和一般民众之分，头人、窝朗头系红包头，黑色的衣服上绣有牛、太阳、月亮、星星、龙等图案，能穿上绣有这些图案的衣服，肯定是佤山有地位的人。这种能显示身份的衣服一般人也不敢穿。现在人和人之间平等了，没有那么多限制了，牛头、太阳、龙等图案谁喜欢用就可以绣上衣服。在沧源岩帅地区的服饰尤其讲究，除了织绣腰带与其他地区不一样，富裕人家的妇女，还系有一种用海贝和麻线编织的腰带，这种腰带用240多枚海贝缀成四排或六排，系在黑底上衣与锈红色筒裙之间，黑、白、红分明，可漂亮啦。沧源地区没有海，贝壳要到境外缅甸进货，想拥有这样一根腰带，得用一头牛去换取。怕良的裹腿布多是净黑色，岩帅是有大头人的地方，裹腿布更富丽，要绣上三道彩色花边，左右腿各有区别，讲究的还要绣上吉祥的鸟。这些花边和鸟，使人看上去既威武，还会有一种与众不同、能飞上天的能耐和气势。"

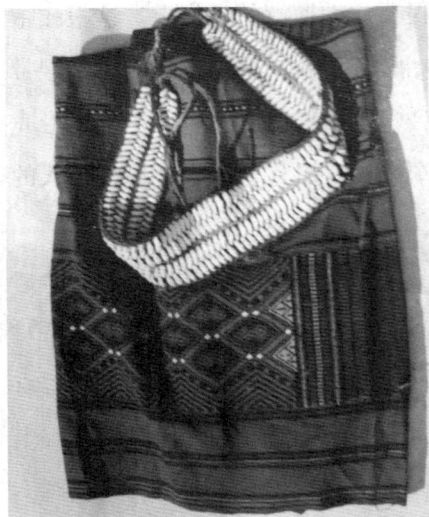

岩帅佤族人的腰带和筒裙

我还从他那里知道了，佤族过去的风俗，系红色包头不仅是头人的象征，还有着"勇武"的意思，被认为是英雄的人也可以裹红包头。黑包头则代表"文静"。如今生活稳定使佤族人观念上有了改变，逢喜庆日人人都可以系上红包头，年轻人系了，也确实鲜艳帅气，几百几千人在一起，如一团团火在闪动。

沧源佤族中，服饰样式上有很大改变的是班洪镇，因为受傣族影响，他们和傣族一样信的是小乘佛教，妇女服装上基本和傣族一致，花毛巾包头，淡蓝、粉红、粉绿、黑色无领大襟上衣，胸前还配着一朵银制的八角状花朵，下身着一条齐脚面的纯黑色筒裙。可见佤族中，黑色永远是他们喜欢的主色。

来岩板家的人虽然都是来向我们展示服装的，但他们却闲不住，帮着主人家剥苞谷，簸苞谷。岩板也热情地为客人递烟、倒茶、斟酒。

他夸赞地说："这些小伙子多健壮，你看看他们的肤色就知道是农田里的一把好手。我们佤族人以从事体力劳动为生，在劳动中锻炼出勇敢、勤劳，山野的日晒雨淋使我们成为一个强健的民族。一个民族信奉真诚，做人又本分才能兴旺。姑娘们选丈夫认为肤色黝黑身体健壮是勤劳的象征，这样的人才能赢得她们的爱。"

佤族是一个团结互爱的民族，一家有难，全村来帮；一家有喜，全村同贺。岩板家来了我这个远客，他们不仅是来向我展示他们以黑为美的服饰，还在岩板的指挥下去地里找菜，拖小黑猪，准备烤乳猪来招待我。

我急忙去劝说他们别忙，县城里的朋友已为我们备下晚饭，不去吃会失信于人。

佤族人很讲诚信，也不再强留我，但为了表示他们的诚意，岩板说："我是黑着心请你吃饭呢。"

"黑着心？"我以为是因为我不在他家吃饭，感到我看不起他生气了，忙说，"我不是不愿在你家吃饭，火塘边烤制出的小鸡、乳猪一定别有一番风味，而是人家确实准备了饭。过几天我再来吃你做的菜好不好？"

叶萍看我急了，忙向我解释："岩板说的黑着心请你吃饭，是他真心诚意留我们在他家吃饭，'黑'在佤语中的是褒义词。"

呵！佤族人是那样喜欢黑色，无处不把黑视为美，而其他的色彩，如红、黄、蓝、绿，都是为了衬托黑的主色。虽然他们编织了不少美丽的传说来表达对黑色的钟爱和执着，但这其实也是在久远的劳动、生存环境所中形成的他们一种独特的审美情趣。

火塘边的美食

秋天的佤山热闹而繁忙，谷子收下来了，就该过新米节了。过去佤族认为谷子是他们生命的依托，谷子丰收，人畜才能兴旺，也标志着部落的实力和地位。

在佤族中盛行过三大节日，每个节日主持人都要分别念诵"便克公艾"（"老大"火把节）、"斋公尼"（"老二"尝新谷）、"卧公桑木"（"老三"春节）。新米节在佤族当中尤其热闹。

如今，每年8月14日为佤族新米节。但是在1991年前，佤族虽然年年都盛行过新米节，但多是民间自发，有全村寨一起过的，有几家人合着过的，也有独家独户悄悄过的。早期的新米节定月不定日，都在8月中旬，各村寨人家根据自己地里庄稼成熟的迟早，请一个德高望重的老人，选一个吉利日子来过。过节的内容、形式却是一样的。

如果是全村寨一起过新米节，要先推选出一个节日主持人，由他向全寨子公布过节的日子。新米节也是新谷节、祭谷魂节、斋节。这一天，全村寨不分贫贱、富贵都会欢聚一堂。

新米节的头一天，各家人到自己的田里采集新谷，将新谷快速烤干舂成新米，有盛一竹筒或一碗的，也有送一箩或几箩的，新米上放几包辣椒、一小坨盐巴、几角钱或几块钱，谷子还没有完全成熟的人家，也可以先采几穗已经成熟的碾成新米撒在老米上，送到主持人家加入祭祀、食用的行列。

新米节的第一天，寨子里挑出三四个聪明伶俐的七八岁小女孩，穿上节日盛装，每人手中提一只口袋，口袋里装有一块老鼠干巴、一个鸡蛋，到每一块田里采摘一穗谷子装入袋中，这就是拿"谷魂"。"谷魂"带回主办新米节的人家，先举行祭祀仪式，祭品有牛、猪、鸡、泡酒、田鼠、蟋蟀、鱼类，这些祭品象征生命的起源、氏族的兴旺。祭祀时由主持人念祝词，都是些吉祥话，然后杀鸡，看鸡卦，安排各户来的人做新米饭，将小女孩们采回的谷穗剥几粒放进大锅中。吃新米饭前，若谁家养了狗，得先给狗吃。沧源勐董、勐角、怕良流传着谷种来由的故事：佤族祖先从葫芦中走出来后，天神赠给他们一粒谷种，告诉他们，这可以用来维持生命。人们将它理解为一粒"仙丹"用于救治生了重病的人，而没有播下地。一个垂危的病人在他咽气时将谷种咽下，弄得佤族祖先没有了谷种，他们还是只能以打猎，采集野菜、山果、捕鱼为生。有一天在采得野果回家的路上，他们忽然看到波涛滚滚的大河里漂来一穗金黄的谷子，许多人都认不得是什么东西，只觉得金光灿烂的很好看，聪明的黑狗先跳进水里追过去衔了上来，有几粒撒落到土里，发了芽，第二年就结出了新谷子，从此佤族人才开始播种谷子收割粮食。为了感谢"谷魂"，不忘狗的恩情，每年佤族祭祖都要隆重地先举行祭谷仪式，吃新米饭前养有狗的人家要先给狗吃第一口新米饭，再请老人小孩吃。他们认为老年人、小孩子是最干净的人，让最干净的人先吃新米饭，是对神和祖先的崇敬，也体现了佤族尊老爱幼的美好传统。

佤族人舂米的石臼

新米饭吃饱了，泡酒喝足了，皎洁的月亮从东边巍峨大山升起来了，三弦、笛子、芦笙声也响了起来，在如水银泻地的月光下，男女老少在空地上手携手地围成一圈欢乐地唱歌跳舞。

这一夜，他们要跳到月落乌啼的早上，把整个夏秋的劳累都跳掉，年轻的未婚男女也在这欢乐气氛中暗送秋波。

第二天，村里的青壮年男子在主持人的安排下，依然穿着节日的盛装，扛着锄头、铲子在芦笙、三弦、笛子的伴奏下，一路走一路跳，一路走一路唱，去修整被雨季大水冲垮的桥，铲平凹凸的道路，刷开路上的杂草，好让收获的粮食顺畅地拉回家。留在村里的妇女、老人则忙于洗衣服，打扫屋里屋外，修补谷仓、屯箩，准备迎接新米归仓。

第三天，全村寨休息，过去男人们上山打猎，给吃新米时增添一些肉食。秋后山林里的雉鸡、兔子、野猪……都长得膘肥肉嫩，格外鲜美。人们在田里弯腰弓背地忙了这样长时间，也想去山林里换换活动环境。那天晚上，各家各户也是欢乐得很，欣赏着男子们带回来的猎物，听他们讲狩猎的过程，欢笑声不断。现在佤族人也有了保护野生动物的意识，不再打猎，而是下河捕鱼、摔跤、斗牛、唱歌对调子，尽情抒发对美好生活的喜悦和向往。新米节也是佤族人表达对劳动的崇拜的一种古老方式。

新米进仓后，佤族有盖新房、娶新娘的习俗。每到一个村寨都能见到盖新房的人家，很是喜庆热闹。佤族建房也体现了他们团结互助的传统，这一天全寨子的人都来帮忙。新房要一天建起来，建不起来视为不吉利，得另选地建盖。现在观念转变了，建房不再守着旧习必须一日建成，建房材料不再用草、竹、木建盖，而是改用砖木、瓦片，不过多数仍然保持传统的干栏式，两层，楼房布局依照过去的习俗，上面住人，下面养牲畜、堆放柴物。屋脊两侧竖有叉状"司岗"标志，象征着房屋中住着葫芦王国的后裔。楼上分设主客间、堂屋。虽然居住条件改善了，但是佤族人依然还是喜欢一家人热热闹闹地围坐火塘。火塘是他们的核心，这与"黑色"崇拜有关，柴燃烧后，变成黑炭，黑炭再燃烧。无论房屋怎样变化，堂屋中都要设置一个长宽约一米的火塘。铁三角脚架下依然终年燃烧着永不熄灭的火，佤族人认为屋里有火才安乐、舒适。他们又特别喜爱吃火烧菜（烧烤），尽管村村通了电，有了沼气，可是火塘在他们生活中至今还是不可取代，有着"火塘不熄"、生命就充满活力的观念。

佤族人的火塘边美食

到了佤山，你若被佤族当作尊贵的客人，他们一定要请你到他们火塘边坐下，为你做一顿丰盛的佤味食品。

勐角、勐董、勐来同属处于窝坎大山和南汀河谷环绕的中部温暖地带，盛产粮食。今年风调雨顺又遇粮食丰收，他们很愿接待外地来的客人。我同一群到沧源采风的艺术家被邀请到勐角乡立新寨岩嘎家，岩嘎是个热情好客的男子，做得一手地道的佤族好菜，在勐角颇具盛名，外地朋友到沧源，常被邀请来他家品尝他的杰作。

我是个对饮食文化有兴趣的人，对于美食，我不仅是品尝，还喜欢研究它是怎么烹调的，所以也就很愿意去岩嘎家做客。

公路边的立新寨三面被山环绕着，左边是长满董棕的山林，右边有大碗粗的龙竹林，林尾朝南有一座能容纳千人的大溶洞，一股泉水悄无声息地从洞中缓缓流出，把立新寨装点得山清水秀。立新寨这几年生产丰收，各家各户都改建为砖混结构的住房，唯有岩嘎还守着佤族竹、木、草片结构的干栏式古老建筑，他不是建盖不起，而是恋旧。我也觉得这座传统风格的房子并不简陋落后，在这村寨中反而形成了一道独特风景。

走进竹楼，坐到藤篾编的小圆凳上，闻着一股股清香的野芫荽味，颇为神清气爽。

岩嘎去水边捡拾红红绿绿的山菜。我也跟着他蹲到了水边上，我想知道这些叶叶草草是些什么菜，做什么用。

岩嘎为人热情，做事很利索，也许是接触南来北往的人多了，普通话讲得颇流畅。他向我介绍："佤族菜主要分三类：凉拌菜（佤族叫生拌菜）、汤菜、烧烤菜（佤族叫火烧菜）。怎么做要看原料。今天我给你们做几样凉拌菜，也做些火烧菜。

我们的火烧菜和城里人的烧烤味很不同呢！特别是这些用作生拌的野菜，更是鲜美！"

他说得很得意。

佤族是居住在山里的民族，过去不会种菜，只种粮食作物，蔬菜类全靠捡拾野菜，若养不起牛、猪、羊、狗、鸡，就靠打猎补充肉食。现在生活稳定了，圈里多了牛、羊、猪、鸡，又有了保护生态环境的意识，不再进山去打猎了。但他们对山林里的野菜却仍然情有独钟，那不仅是因为这些野菜在从前他们民族处于艰难贫困的时代帮助他们熬过了一天又一天，让日益减少的人丁不至于完全灭绝，还因为这些生长于野外、得天地灵气的植物确实是鲜美，只要有油有盐有肉，烹制得法，完全是鲜美可口的食物。所以聪明灵巧的佤族人不断地改进手艺，凉拌、火烤、油煎都用上了！

岩嘎则是他们当中最出色的烹调高手！

岩嘎先忙着做了5个生拌菜，第一个是地黄瓜，这瓜种在苞谷地里，也许是肥料足土壤好，一个能长到三四斤重，肉厚脆甜。切成宽条后，用野生的树番茄加三四个小米辣舂成糊状作为蘸水，我尝了一块，很酸甜开胃。第二个是凉拌香香菜，这种野菜长在溪水边，颜色青绿鲜嫩，搁点盐舂几个小米辣一拌就可以吃。第三个凉拌菜是阿佤芫荽，这种植物山上随处可寻到，嫩时长有四五片长形叶，油绿油绿的叶子边带有锯齿状，散发出清凉的香味。把阿佤芫荽切成段，用舂好的生番茄汁加舂碎的生辣子和盐一拌就可食，吃上一口全身通气舒服。第四个是凉拌野生水芹菜和野芭蕉心，水芹菜生长在山箐沟中，繁殖力很强，有箐沟就有水芹菜，野芭蕉更是佤山的常见植物。岩嘎挑选嫩绿的水芹菜洗净，野芭蕉的嫩心切成一寸长，放进沸水中氽一下，捞起放进凉水中过凉后，将烧黄的臭豆豉和炒香的芝麻、辣椒面、花椒面、盐撒在水芹菜和野芭蕉心上一拌即成。口感很好，麻、辣、香味都有。第五个凉拌菜是佤族凉菜中的贫菜，佤族叫作"抓"，也叫"捣酱"，这种菜的特点是咸、辣、鲜。捣酱的配料很广泛，可用小鱼、小虾、小螃蟹、南瓜叶、野笋子煮熟滗掉水，再加蓼叶、花椒、小米辣、臭豆豉、鱼腥草、盐，其中辣子是主要，一定要多加，其他配料可随意加减，将这些东西搁在一起，舂成膏状就可以吃了。岩嘎今天用小螃蟹为主料，做的是螃蟹捣酱。我尝了一点，沾在舌头上又辣又鲜，顿时全身毛孔都在冒汗，捏了个饭团吃下去才缓解了辣味。这个菜可以独霸饭桌，那鲜、辣、冲味，能使人不要其他菜下饭，难怪佤族叫它贫菜。

岩嘎拌好凉菜后，开始炖汤。佤族生活在山区，又以体力劳动为主，汤可以驱寒补体。他们擅长做鹌鹑肉汤、牛苦肠汤、牛肉酸菜汤、小黄散叶汤等。

在这些汤里，最上品的是鹌鹑肉汤。鹌鹑虽然小却肉嫩，鲜美胜过鸡鸭，又由于头小、尾巴短、翅膀尖，不善飞，多是躲藏在刺棵草丛中，容易捕捉，秋后山林果实、昆虫多，更长得肥嫩。从前佤族人捉到了鹌鹑，首先想到的是怎么做盆美味鲜嫩的汤。他们把鹌鹑处理后放进盛着清水的锅里，再揉进几片鲜嫩槟榔叶，水开了，肉变色了，放进盐巴、辣子、花椒和一些酸笋，就鲜、辣、香味都有了！

佤族人说起鹌鹑汤就会食欲大振，兴奋之情溢于言表，所以他们有"小芹菜淡如水，鹌鹑肉汤无限美"之说。

今天，岩嘎没有捉到鹌鹑，给我们做的是小黄散叶汤（小黄散苦，是一种多年生长的灌木，树皮叶子有苦凉味）。这种汤在佤族食品中也很普遍，不分季节，不分贫富，谁都能做。岩嘎将已炖烂的小绿豆滗掉水，放入锅中干炒一下，用勺子捣烂加盐、干辣子面、蓼叶、生姜，再把烤黄的小黄散叶揉碎，同烤黄的臭豆豉一并放入滗出的小绿豆汤中，如没有臭豆豉可以加酸笋一起煮 10 分钟。汤喝起来有股怪怪的苦凉味。春耕农忙季节，人们辛苦了一天，从田间回来坐在火塘边喝上一碗，浑身舒畅，疲劳全消除了。这种汤有一种奇特的吸引力，使人留恋难忘，喝惯了小黄散叶汤的佤族人几天不喝就会想。所以遇有远道而来的外地客人，佤族人也会做小黄散叶汤招待，让他们品尝这特殊的风味，还可为客人解除旅途疲劳。

汤好，凉拌野菜好，只是尝到了佤族食品中的一部分，他们隆重推出的饭菜之一还有鸡烂饭。

岩嘎一边忙着一边热情地说："鸡烂饭也给你们煮好了呢！"

佤族煮品中最有特色的要数鸡烂饭，我在别的佤族地区，如西盟、澜沧的木戛也吃过鸡烂饭，今天更想看看岩嘎的手艺，看看同一种菜饭，各地方的做法有什么不一样。这半干半稀的食物，一向是佤族的名贵菜饭。这与他们早期的艰困生活有关，在民间曾流传着一句话："我们过去的吃食，干的少，稀的多，为了活命轮着喝。"在刀耕火种年代，下地干活吃干饭，在家不干活吃烂饭是常事。那时候的烂饭可是难以下咽，大量的山茅野菜和少数的苞谷、大米、小红米各种杂粮煮成一大锅，盐少，更没有肉油，一人一个木制盘子盛着，用手抹着吃，吃得再多也还是觉得饿。只有遇着节日或者求神问卜时，才会把鸡肉剁碎了丢进去煮，那味道当然不一样了，所以佤族人把这平日不容易吃到的鸡烂饭看作是最上等的佳肴！

近几十年来，随着生产条件的改善，人们生活水平得到了提高，虽然野菜烂饭很少吃了，但烂饭的质量、品种却越来越丰富，有牛肉烂饭、猪肉烂饭、螃蟹烂饭、水蜂烂饭、苞谷米烂饭，最为上等的仍然是经过改进的鸡肉烂饭。鸡肉烂饭又分手撕鸡肉烂饭、刀砍鸡肉烂饭。手撕鸡肉烂饭既可当饭，又可当菜中佳肴，烹制的工艺也越来越精致，先得把一只完整的鸡煮熟捞出，将淘洗好的米放入鸡汤中煮，米煮烂后，把煮熟的鸡撕成丝，越细越好，再把切碎的薄荷、茴香、辣蓼、花椒面、芫荽、葱、盐撒在鸡肉上搅拌均匀，倒入烂饭中用文火炖半小时左右就会香味四散，远远闻着就会先咽口水。岩嘎今天招待我们的就是手撕鸡烂饭，但他却谦逊地说："我这里煮的虽然也好吃，但鸡烂饭传自岩帅，特别是岩帅的辣子吃了不会肚子痛，所以岩帅的鸡烂饭香辣不伤肠胃。你找个时间去岩帅走走。"

生拌、炖煮的菜就绪，杰作在烧烤上，也就是火烧菜。做烧烤不能直接用柴火烤，岩嘎先将大块的柴烧成腐炭后，再将拌有花椒、辣子、盐巴腌制的牛干巴，放到炭灰下煨个半小时左右后刨出，然后放在一块平面石头上用木棍拍散（早期的佤族人，火塘中支锅的不是铁三脚架，而是三块石头），敲出来的肉丝既散开又相连，吃起来又酥又香。岩嘎为了让客人们吃到最本味的火烧菜，也是采用这种传统做法。

烤野菌也是佤族中一道美味。菌本身就是山珍，把采来的鲜菌放在文火上慢慢烤，不用加任何作料，不过菌要翻得勤，煳了带苦就不好吃了。烤熟的菌软软的，只蘸一点盐就可以吃，这完全是吃本味。我尝了点儿，有着山野泥土的芳香味，可惜我们来时已是秋末，菌子多凋谢了，只是放牛的人偶尔还能捡到一两朵。今天正好拾到少许，就被我们享用了。

我想，这道烤菌可能是佤族先民从前在山林中创造的。那时候还没有铁锅，又不愿老是生吃，就烧起一堆火来用竹尖叉着大朵大朵的野香菇、野木耳、野松毛菌等来烤着吃。当然比生嚼鲜美可口。如今也就成了佤族食品中的保留节目。

菌子烤完后，是烤鱼。在云南滇西边地，挨近江河湖滨的许多民族都会烤鱼。我在藤条江边的傣族人、泸沽湖边的摩梭人那里都吃过烤鱼。有的是用竹尖叉了烤，有的是悬在三脚架上烤。鱼也都比较大，有一两公斤重，烤得焦黄香脆鱼油四溢，很可口。佤山上没有大江河，鱼也小，多是巴掌大的鲫鱼、草鱼，但是水土不同，鱼肉有不同的鲜味，加上作料不一样，烤出的鱼也别有味道。

烤鲫鱼、烤草鱼的作料很讲究，先要用辣蓼、葱、蒜、阿佤芫荽、花椒颗粒、姜片、干辣子面、盐腌一两个小时，然后将这些腌鱼作料塞进鱼肚子里一起烧。岩嘎告诉我："烤鱼要边烤边涂青油，烤出的鱼不煳不干，吃起来嫩香，没有腥味。"

我蹲在火塘边帮着烤鱼，鱼的香味很诱人，由于鱼得一整条一整条地端上桌，所以我不好意思掰下一点儿来先尝尝，只能强忍着烤鱼脆香的诱惑。

忙完了那些菜，岩嘎开始做最后一道菜——烤小乳猪。他说："这个菜过去可是盛大节庆或遇有贵客才做。20年前佤山饲养猪的水平很低，特别是粮食产量低，猪和牛、羊一样放在野地里牧养，更不懂得关在圈里催膘。一头猪要养3到5年才勉强可以杀吃，一般的人家是舍不得将小猪杀吃掉，只有富裕的人家才有条件烤乳猪。现在佤山不同于过去了，吃烤乳猪也不稀奇。"

我问他用些什么作料搓揉小猪，他眯笑着说："香料，这可是我的看家菜，等烤熟了你可要多吃点。"

岩嘎让妻子烤着小猪，自己抱起火塘边一个大坛子，放在木臼上。我以为是坛酸菜。他却叫我去闻闻。

"好香的酒。"我说。

佤族是"无酒不成礼、无酒不成席"。酒被认为是最高尚、最圣洁，能解毒、御寒、祛邪、提神的东西。盖新房不能没有酒，娶新娘不能没有酒，办丧事不能没有酒，朋友来了不能没有酒，酒是佤族人的宝。在佤山流传着这样一句话："宁要一坛酒不要一头牛。"还有这样一个故事：一位佤族老汉有两个儿子，生前没有什么值钱的东西，只留下一头黄牛和一坛子水酒。他死后两个儿子分了家，哥哥牵走了黄牛，给弟弟留下那坛酒。没过多长日子，发生了饥荒，哥哥把牛杀了充饥，弟弟也打开酒坛来喝，哥哥只吃牛肉，没有粮食吃，没有力气干活，没多久牛肉吃完了，哥哥饿死。弟弟一天舀一点酒喝，酒使弟弟不感到饥饿，身体强壮，他勤耕庄稼，直到把庄稼收获。从此，佤族把酒当作他们生活中的宝。

这种对酒的作用的夸大，也表达了佤族人对酒的狂热喜好。山区雾重，人们从前又缺衣少被，有点酒喝当然能觉得温暖、刺激，节日里如果有酒还有肉，当然过得更愉快！

我故意问他："这两兄弟为什么不合起来，又吃牛肉又喝酒呢？"

他被我问住了，愣了一会儿才愤然地说："哪个叫他们分家？"

佤族人是讲究团结友爱的，分开了，就要分得彻底。所以这寓言只能那样编织了，也是警示后人，还是相聚不分散为好！

佤族会酿制三种酒，一种是水酒（泡酒），第二种是甜酒，第三种是辣酒（白酒）。水酒是佤族普遍喜欢的酒，被作为散热解渴、夏天清凉驱乏的饮料。甜酒只是妇女分娩时用。辣酒只有少数男子喝，他们认为口感不好，还容易醉人。

水酒用稻米、小红米、糯米、苞谷、高粱、麦子、苦荞等粮食作物作为原料，其中又以小红米、高粱最佳。酿制水酒，首先将原料炒黄，洒上少量清水拌匀，放入甑子蒸熟后倒在篾笆上凉凉，然后拌好酒药，放在铺有芭蕉叶的箩筐中裹严焐好，放到阳光下或火塘边发酵，四五天后香香的酒味就从箩筐里缓缓飘出，然后将这些发酵的酒糟装进一个坛子里，再将坛口封严，两三个月后打开坛子掺上清凉的水泡滤就可以饮用了。

　　水酒酿制主要是由妇女来操作。在婚礼上，人们祝福新人今后生活美满的祝酒词有这样的语句："生的姑娘是酒仙。"祝愿新婚夫妇将来生的姑娘心灵手巧会酿酒。能酿制水酒，酿制的水酒蜜一样甜，常使佤族妇女自豪，也会远近闻名。这标志着这位妇女勤劳、贤惠，得到人们的尊敬。

　　在佤山，家家都会酿水酒。水酒看着很平常，其实做起来并不容易，要有财力、有时间、有经验。能否做得起水酒，也成了衡量这家人贫富的标准之一，能时常有水酒喝的人家是生活富裕的表现。

　　泡滤水酒就是男人的事了。这也不简单，如不能掌握要领，就滤不出来，一坛酒就废了。

　　我看岩嘎用一支打通了结巴的金黄色小竹棍插入酒坛中，然后将泉水加满酒坛。以个小时后，岩嘎把插在酒坛中的小竹棍窝成弓形，固定在木臼旁的一棵木桩上，摆了一个坛子在地上，用嘴一吸，淡橙色的酒就流到了坛子中。岩嘎往酒糟中加了两三次水，把接满酒的坛子盖上。他说："这是第一道酒。"又往酒糟里掺入泉水继续浸泡。

　　趁这一间隙他又去帮妻子把小猪翻烤了一阵，整只小猪烤得变成了酱色，他说："好了，凉一下就可以砍吃了。"

　　他又忙去滤第二道酒。第二个坛子装满酒后，他拿来一个空坛子将这两坛酒各取一半混合，灌了一竹筒泡酒先滴了点在地上，敬天神和祖宗，然后递给我说："请尝尝，可好喝了。"

　　佤族人的礼节，向你敬酒是一定要喝的，喝多少不在意。我尝了点，同荣哉布依劳家的酒一样香甜。

一边与远客聊天，一边纺线、织布

　　我们这些远客也引来许多佤族妇女来岩嘎家串门。她们提着纺线车、织布梭板、腰机，背着孩子，三五成群地坐到岩嘎家的茅屋下，手不停歇地织着布纺着线，和我们打着招呼。佤族男女都非常勤快，妇女去哪家串门，都要带着自己的手工活去做，男人们见主人在劈柴、编篾笆，会动手帮忙，从不会空着手闲坐聊天。佤族人把串门作为一种相互交流、见世面的场合。他们的礼仪、生产经验就是通过串门子时，一边干活一边闲聊时学到的。

　　今天这些妇女们想来听听城里人说些外边的事。在她们的眼中，离佤山那么遥远的大城市永远有许多她们弄不懂的事，城里人很聪明，会建那么高的大楼，开那样漂亮的、比手扶拖拉机跑得快的汽车，姑娘们的打扮更是很别致迷人，唱的歌演的戏也好看，但有时候似乎也很笨，佤族人觉得很简单的织筒裙、纺线，城里人既觉得新奇，又不会揉弄，那些看着很伶俐的人，坐上织机就笨手笨脚不知道怎么摆弄了。一位抱着小孩的妇女对我说："和城里人聊聊天很有意思，你们就像电视中的人，说话好听，穿衣、走路也和电视中的人没有两样，看到你们站在我们面前，就像看活电视一样新鲜。"

我笑了："是吗？和你一样，我看你们也是很新鲜哟！"

她们也笑了，还有些害羞地说："可是哟？我们在大山里有哪样新鲜的？"

我说："你们漂亮、能干、朴实……"

她们也朴实地点头认同了，又一起坐在屋檐下议论着眼中的城市人，笑声朗朗，很有节奏地一上一下做着手中的活。她们的身姿、笑脸，以及以黑红为主色调的衣裙、精致的银项圈，构成了一幅美丽的画面。

太阳斜着向西边滑去，寨子中的房屋、树木都披上了一身霞光，来串门的妇女们收起手上的活计回家去了。岩嘎在篾桌上铺上了芭蕉叶，他说："吃佤族饭还是用手抓着吃香。"

我们洗了手去品尝这些菜。我这多喝两口酒脸就红的人，可不敢与岩嘎对饮。可是佤族人向你敬酒，你不喝是失礼的。酒有着渲染气氛的作用，做菜辛苦了一天的岩嘎端着酒杯可威风了，站在桌子前双手端住酒杯，待他妻子为客人们斟满了酒，就微微躬身走到我们年龄中最长的一位客人面前说：

"哟！（我俩来喝酒的意思，这是佤族酒场上惯用语。）"慢慢把酒抬高到客人胸前，滴了一滴在地上，再把酒杯递给客人。那客人是个好酒量的人，接连喝了两杯。岩嘎可高兴了。在佤族酒礼仪中能喝双杯酒是好的吉相，喝得越多越是对主人看得起。岩嘎逐一为每个客人都敬上一杯酒，说着祝酒词。岩嘎的妻子放开喉咙为客人们唱起了祝酒歌。她的歌声深情而又粗犷，把她的诚挚、朴素，对客人的热忱全都注入了。我们被感动了，也纷纷端起酒杯，有的大口满饮，有的向他们表示深深的谢意，感谢他们精心地给我们烹制了这样多有佤族特色的好菜，酿出了这样香甜的酒。我们不会忘记这好客的佤山和岩嘎他们一家的盛情款待。

竹楼上扬起一阵阵笑声，我却悄悄坐在一角，一边品尝着岩嘎做的每一道菜，一边细细回忆他是怎么配料烹制的。这些佳肴美味离开了岩嘎家的火塘，走出司岗里腹地，是难以品尝到的。

古风依旧的佤族山寨

　　从勐董镇往西行，山越来越大。就像佤族人那雄伟粗犷的气质一样，这海拔 2605 米的窝坎大山也充分显示了横断山脉纵谷南端的高耸险峻。我们的车不断地在山岭间盘旋升降，时而攀上高坡，时而进入峡谷。坐在车上的我们，也要不断地适应时而冷时而热的气温。

古老的翁丁寨

远处山岭上有终年墨绿的成片原始森林，近处则多数是茶林、竹林、紫胶。系着红头巾、花头帕的佤族妇女在茶林中时隐时现，把那片青绿点缀得鲜艳夺目。

我们本来是去班洪的，走在路上，叶萍突然建议我再去看看翁丁寨。她说："这个寨子一直保持着佤族传统的房屋建筑。再看看也许能加深你对佤山村寨的理解。"

翁丁寨属于勐角乡，与洪班乡接壤。两年前我曾经来过，对那里的古朴情调印象很深，旧地重游，我当然愿意。

这一带森林茂密，昨夜下过雨，今天又转晴，公路上、田野里一团团白色的浓雾不时遮住我们行走的视线。离开公路后，走了30多米的林中小道，我又看见了翁丁寨门。那棵枝叶稠密的大榕树生机盎然，依然把寨门浓密地罩住。长时间的风吹日晒下，搭建寨门的木头已是灰黑色，还没进寨子就给我一种沧桑古老的感觉。一些佤族孩子、妇女正蹲在树下乘凉，见了我们，纷纷站起身来热情地打招呼。

翁丁寨建在向南的一块坡地上，站在寨门内高处望，能一眼看到寨子里40多户顺坡而下的、草顶竹木结构的干栏式竹楼。每户人家都把住房与粮仓分开建构。这种竹木结构的干栏房子防火性较差，为了保护粮食，佤族人不把粮食储放在住房里。山寨中民风淳朴，从不担心粮食会被偷，偷窃是很耻辱的行为。

顺着石砌的村寨中小路我来到一块宽敞的土场上，场子中心有一座石砌的方台子，上面竖着寨桩。佤族称为考司岗，现在已不多见。它在佤族人心里很神圣，是作为祛邪平安、人畜兴旺、生活稳定的象征，寨子里哪户人家有人生病，或庄稼遭灾，就来寨桩下乞求消除灾难。佤族建寨前都要先选好神林、木鼓房，立寨桩，然后才能建房。

我走近寨桩，那上面刻着一个裸体女人，头上有角，面部表情很夸张，大眼睛、大鼻子、大嘴巴，但嘴巴不张开，只是嘴角往上翘，显露出充满神秘感的笑意，笑中又含矜持慈祥，给人的感觉是她有法力，又诚心守护着翁丁寨的男女老幼。睁着的一双大眼睛在盯视着村里的人，告诉人们要循规蹈矩地生活。

我想起荣哉布依劳说的司岗是表示保护、护育的意思，那么佤族把寨桩叫考司岗，也就是起着保护、护育这个寨子作用的母性图腾。

佤族先民崇拜母性，立这寨桩是祈求母亲保护着她的儿女们。

我在村寨中随意走着，这保持着古老佤族村寨风貌的翁丁寨，表面看一切如旧，还是那些茅草顶的竹楼，还是那么多朴实的男女，但似乎又悄悄有些变化，我想找出这些不同，一时间又分辨不出。一位坐在竹楼下悠然抽着兰烟的佤族大爹问我从哪里来，听说是昆明，他点头，"好远！"然后热情地邀请我去楼上火塘边喝茶。

神秘的寨桩

楼上开着收音机，传出孙悦唱的《祝你平安》的歌曲。我有点惊讶，问他："你也喜欢听这首歌？"

他说："喜欢，是向人祝福的歌。"

我点头。看来音乐的语言是比较容易传达的。

佤山夏秋的雨季漫长，佤族人茅屋的草顶都铺得很厚也压得很低，几乎要挨着竹篾的楼板了，这样才能挡住那狂暴风雨的冲击。室内光线昏暗，从外边进来要微闭着眼适应片刻才看得清楚。这是个并不富裕的家，摆设很简单，以火塘为中心的左右两边摆着些碗、盘、罐，唯一的装饰是一个牛头，看得出已供奉了很多年，牛头牛角已被烟火熏得黑黑的，但那凹进去的两个眼窝中仍然透出不可捉摸的威严。他见我长久看着牛头，就说："是我们佤族的救命恩人，我们都崇敬它。"

那天在勐董时，我听荣哉布依劳讲过一个佤族祖先姆依吉与牛同坐木仓在洪水中漂浮的传说，在其他村寨也时时见到牛的雕塑、图像，听到与牛有关的故事，因为都是口头文学，讲述的也不完全相同。这里是不是又有新的版本呢？我很愿意再听听，就故意问："牛救过你们佤族？"

他点了点头。

"能不能讲给我听听？"

"你若不忙着走，我可以讲给你听。"

我心里想，真好，又遇上一个山寨中的布依劳了。

他吹旺了火塘，支上茶壶、小瓦罐，准备烤茶、烧水招待我。

他可能常与来参观的外地人来往，既不拘束，语言的表达也颇清晰、有层次。他缓缓地说开了。

"大地上有了各种民族后，一天突然下起了大雨，这雨比我们佤山夏秋雨季的雨水还猛烈，一下开了就不会停，下得河都装不下了，漫到了坝子里，坝子里又装不下了，漫到了山谷中，山谷又装不下了，就浪涛翻滚地咆哮着往上升，又淹没了许多大山。佤族的首领玛奴姆慌忙向公洛姆山上跑。没有跑上公洛姆山的男人女人都淹死了。大地上的走兽也全淹死了，只剩下玛奴姆一个人，可是洪水还在不停地追随着淹来，她正着急不知往哪里逃，突然有一头水牛向玛奴姆游来，用温和的目光看着玛奴姆，用长长的牛角去戳玛奴姆的脚，示意她赶快爬到它的背上去。玛奴姆爬上了牛背，牛驮着她向游来的方向游去。这时候给她的感觉是伏在一只皮筏子上，虽然浊浪在她周围忽上忽下地扑打，还不断漫过她的头顶，但她紧紧抱住牛的颈脖子，牛又游得平稳，任由风吹浪打，她也没有跌进洪水里。水牛驮着玛奴姆游啊游，不知游了多少天，来到一座草木茂盛、花果飘香的高山上，云在山脚下飘浮，也不知道这山有多高，处于哪个地方。当玛奴姆从牛背上爬下来，安全地站在青青的草地上，才发现已离开洪水很远很远了，她长长舒了口气，很是高兴，但是水牛却躺倒在地上再也没有站起来，它累死了。玛奴姆想到，如果不是这条水牛的拯救，自己也早淹死了。她很为水牛的死伤心，大哭了起来，哭得天昏地暗，飞来飞去的鸟儿也加入了她的哭泣，发出了凄惨的啼鸣；她哭了又哭，也不知道哭了多久，一天天过去，水牛的皮、毛、肉都腐烂了干枯了，化成灰尘融入了泥土，只有牛头却完好地对着玛奴姆直立着不倒下。玛奴姆想，牛头不倒，是示意她，还对她不放心呢！也表示要永远与佤族人同在呢！为了不忘记牛的恩情，佤族从此把牛头挂起来供奉。新米节要先喂牛吃新米饭后，人才能吃。哪家的牛骨头堆得越多，越表示富有。"

这又是另一种对牛的颂扬，也是很神奇。我看了火塘上那只牛头，它似乎更有神地盯着我，在问我："你这下明白，我为什么会高居在这里了吧！"

火塘上的水开了，老大爹把在瓦罐中烤黄的茶沏上水，"吱"的一声，一股香味从瓦罐中飘出，茶煮了一两分钟后，他滗到一个小碗里让我喝。

"好香！"我说。

茶在佤山像水酒一样让人喜欢，只是过去的佤山不种茶，佤族最早喝茶是去大山里找，去双江、勐库换，是头人才有条件喝，也是供奉神鬼的物品。现在沧源佤族人也自己种茶了，还有大面积的茶园，据说大大小小有 10 万亩呢。

我喝了一口烤茶，淡黄色、透明的茶水很爽口。老人自己却不喝，从装茶的篾箩中抓起一撮干茶放在嘴里慢慢嚼，然后喝两口凉水。这种吃茶法我确实是少见。他解释说："人老了常头痛，吃干茶可以解痛。茶不仅解渴，还是一道药，有解毒、镇痛作用。现在生产方式提高了，我们的生活水平也年年在提高，吃点茶，吃点牛肉很平常了。哎呀！你看我是给你说牛，怎么扯到茶上了！佤族能说的事太多、太多。我们小时候坐在火塘边常常听老人说我们祖先的事，用几箩筐都装不完。"

他抬起手拍拍脑门。"好了，这下头又舒服些。"他停顿了一下，略为闭目，似乎在调整思路，然后说，"牛不仅是佤族的恩人，还是帮助我们耕田、做其他农活的好帮手。它是我们的吉祥物，也就是你们有文化的人说的图腾，佤族的习惯总是把最喜欢的东西供奉给祖宗、祭鬼神。牛在佤族人心里是最好的动物。所以佤族每当要举行重大活动，都要剽牛，表示事件重要。"

　　老人兴奋地向我一件件说起了他听过、见过的剽牛大典：1934年，佤族人民抗击英国人入侵佤山，就在班洪大榕树下举行了庄严的剽牛盟誓，那场面可震动人心了。1949年，新中国即将成立的前夜，在共产党地下工作者领导下，岩帅头人田兴文、田兴武召集了沧源及周边佤族部落各个首领，聚集在岩帅，召开了一次政治协商会议，通过决议联合起来反抗国民党对佤山的统治，也在岩帅的班坝寨举行了剽牛仪式。1995年，西盟佤族自治县成立30周年，老人去参加了这个盛大的节日，好热闹，也剽了牛。2000年，国际旅游节在云南举办，沧源县借此活动推出沧源的旅游文化事业，为迎接各方宾客，又在班洪举行了剽牛仪式。剽完牛，牛肉烂饭吃饱后，要举行打歌，"哦，打歌可是快乐啊！大家随着芦笙、笛声起舞，跳得大地震动，跳得大山呼应"。那次他也去参加了。他得意地说："我可喜欢参加这些庆典了，出去走走长见识，身子骨也舒服，几天吃饭都香。"他兴奋地笑着，脸上的皱纹像盛开的菊花。

　　"砍下的牛肉你吃着了吗？"我问。

　　"当然得吃，那是能给人带来吉祥的肉，人人都得分吃。不过剽牛和砍牛不一样。你可不要把剽牛看成是砍牛，那是两种形式。"

　　"早期剽牛是用在结盟、械斗、议事、拉木鼓，后来佤山人不再械斗打冤家了，多是用于庆贺活动。剽牛要选健壮的黄牛，在土场中心钉好剽牛桩，还在场子一角烧起火，架起大锅准备煮牛肉烂饭。牛被牵到牛桩上系好，剽牛仪式要由一位德高望重的老人来主持，他在人们的远远围绕下，走到牛前慢慢蹲下，念诵祝酒词，声音诚恳、肃穆，不高扬，他边念边向地上醮酒，祈祷保佑佤族人健康，五谷丰收。老人祈祷完后，退下场去。这时专门挑选的两名壮汉手举剽枪向牛走去，先由第一个汉子看准牛的心脏部位，双手一用力刺下去，如果这一剽，牛没有倒下，第二个剽牛汉子就会立即跟上，再向牛右肩心脏补刺。多数是，第一次就能把牛剽倒下。一剽能刺倒牛为大吉大利。牛倒下后，场子周围的人一片欢呼，几个持刀汉子上场，把牛砍成无数块分给各户人家，留下一部分肉、五脏煮成烂饭，让寨子中的人及宾客共享。歌声舞声在烂饭煮好、泡酒喝足时响起来。这场庆祝活动常是通宵达旦。"

老大爹说完，又往嘴里塞了一撮茶嚼着，喝了一口凉水，提一提神。用手指指我的茶碗示意我喝茶。又接着说："砍牛又不同了，是用于祛邪、送鬼，祈祷消除灾难。我们佤族信仰多神教，信一切鬼神，虽然如今的佤族人也懂得了科学，生病时会去打针吃药，使用农药消除虫害，可是祖宗传下来的几千年的习俗还是一时难以改变。特别是老人们把信仰作为一种依托。"

"那么剽牛与砍牛又有什么不同呢？"我问。

"区别大呢！从前外地人常把剽牛和砍牛看作一回事，错了。砍牛主要是用来祭谷子，送去世的有名望老人，祭祀神灵祈求保佑人和庄稼能消除灾难。砍牛还来源于从前的砍人头。许多来我们翁丁寨子的游客问我：'你们佤族人在新中国成立前真有砍人头祭谷子的习俗吗？'这种习俗在佤山确实有过，但也不是普遍有，听老一辈人说，起源是古代三国时期，有个来佤山的外地人借口佤族谷子不好，说若要能让谷子丰收，得砍人头来祭谷，其实他是用砍人头来挑起民族、部落间的矛盾。谷子丰收、人禽兴旺，是我们祖先的愿望，也就听了这个人的话，砍了人头祭谷，也许是巧合，当年砍的人头是一个大胡子，那年粮食也丰收。从此这个陋习就流传开来。为这事不知引起多少民族纠纷、部落械斗，加重了我们佤族人的痛苦。又过了许多代人后，佤山来了一个汉人，佤族人尊敬地称他为孔老英，他为了改变佤族人中这种愚昧的习俗，一个部落一个部落去说服，主张用牛头祭谷、祭祖宗，他走遍了佤山村寨，但是佤族人信仰砍人头祭谷的习俗已根深蒂固，一时难以改变。任孔老英千辛万苦跑遍了佤山，直到他老死在佤山，佤族也没有改变砍人头祭谷魂的习惯。

"孔老英死后，佤族青年赛玛继承了孔老英的遗愿，他不仅说服佤族，还采用诱导的方式砍牛头祭谷魂，佤族人看到用他们崇拜的牛头祭谷魂，谷子也能丰收，才逐渐改变了砍人头祭谷魂的习惯。随着时间一年年过去，人们也认识到砍人头祭谷魂给他们带来的不幸，惹得部落之间相互械斗，一代代结冤家，大家都吃尽了苦头。新中国成立后，砍人头祭谷子的事彻底在佤山消亡了。

"现在也不兴砍牛头祭谷子了。但砍牛头送去世的老人的风俗，少数地方还有。砍和剽的区别，不仅在形式上。既然是砍，就不用剽枪而是用刀。祭祀用的牛，要选毛色纯、身上毛旋长得好的棕红色公牛（沧源佤族剽牛，多数是用黄牛，只有少数用水牛），牛选好后要请魔巴杀鸡看鸡卦，卦好可以砍，卦不好另选牛。为了整个村寨的佤族人祭祀用，有的人家愿意慷慨地献出自己家被看中的牛作为祭祀物，这是很光荣的事，能提高其在村寨中的社会地位。被挑选上的牛，主人家一般不讨价还价，给多少钱都行。

"砍牛也叫砍牛尾巴，讲究一刀砍掉牛尾巴才吉利。仪式开始前，把牛牵到场子中间事先钉好的木桩前，由一个有威望的长者端着泡酒向牛走去，念诵咒语，每念一段咒语，停顿片刻，把泡酒酹在地上。咒语念完把剩余的泡酒浇在牛背上，就表示仪示完了。待他退出场外，早已在等待的一个持刀汉子，走近牛身，手起刀落，牛尾巴就砍了下来，然后顺手丢向上空。牛尾巴一甩出去，场子外几十个几百个持刀的佤族汉子蜂拥朝牛扑去，人声，牛叫声，刀与刀的撞击声在场上沸腾，老人、妇女、孩子站在场外关切紧张地等待自家汉子砍回牛肉来，回家好煮牛肉烂饭吃。

"砍牛祭祀是佤族汉子表现勇敢刚强的机会，哪家汉子这天砍不到牛肉回家，在家人、村寨中就没有脸面，被看作没有本事。所以在砍牛场上是拼命地抢着砍，乱刀中被砍掉了手指、臂膀、大腿的事不知有多少，砍得的牛肉都属于自己，能有肉分给别人更加光荣。我年轻时也砍过一回牛，今天回想起来还惊心动魄，那可是血肉纷飞呀！不过当时年轻，什么都不怕，只顾乱砍乱抢，丢了命都不怕，只要风光。唉！年轻多好，人老了，力气就不够用了，好多事做不成了，想多给你讲讲故事，都不行了。"

他说着又抓起一撮茶放进嘴里。

我看他是有些疲累了，不好久留，就起身告辞。他送我下楼时，拍拍我挎着的相机，问："你照了我们村的竹楼没有？多照几张，我们这个寨是被县里列为佤族传统村寨的保留地。"

我说照了许多。他满意地笑了，向我抬抬手表示欢送，又蹲在篾篱下抽起了兰烟。

翁丁寨佤族阿奶

告别老人后，我又去往寨子里边看了看。中午时间，寨子里静悄悄的，佤族人都下地劳动还没有回来，只有老人、小孩、狗在竹楼下歇息玩耍。一个身穿黑色衣裤、头系着红布包头、赤着脚的老妇人，站在那里吸着兰烟。见我为她照相，她大方地不躲闪，只是微微地笑着。

我又去了几户人家看了看，陈设也简单。看来这个村寨还得想法提高生产能力以致富。

许多竹楼、茅屋都老旧了，个别人家改用石棉瓦来代替茅草屋顶。这种东西既不保暖也不隔热，在这亚热带南方白天热晚上冷立体型气候的地方很不适用，而且让佤族特色的建筑失去了情调。那些石棉瓦夹杂在茅草顶竹楼中，远远看去像一块被铲光了的坡地，难看得很。但这里的翁丁人总不能永远住着原始、落后、光线昏暗、走动起来颤悠悠的茅草顶竹楼吧！怎么让他们和其他地方的佤族人那样，既住得舒适合乎现代化进程，又能浓郁地保持佤族传统风格？应该请对佤族有研究的人文学者来和翁丁人一起商量解决，让这个古风依旧的山寨不至于在破烂中消失，而长久保持着它的古朴和活力！

我问叶萍："有专家们从这方面做过较系统的规划吗？"

她摇头，好像还没有。

当然，这是件不容易做到，也容易忽略的事，当我看到一些佤族村寨生活改善了，人们都住上了砖瓦房，但房子却是汉族样式的，我就既为他们高兴又有些嗟叹。难道现代化的生活和民族传统是这样水火难以相融吗？

如今，翁丁寨还在顽强、艰难地支撑着，我们应该多关心他们。但是这需要对佤族人的生活习俗和要求极为熟悉，并对他们具有诚挚感情的人才能办到，来去匆匆的过客是难以做好的。这时候我想起了寨子旁边的那所小学校，我 2001 年春天来时，认识了几位老师。那次来，这小学里有 3 个汉族老师和 5 个佤族、彝族老师，教育着 98 个佤族学生。他们既教汉语，也教佤文，很是辛苦。那次我还了解到，由于有些学生家庭生活困难，连书籍费都交不起，还得由好心的老师代为垫付，不让那些学生失学。如今两年过去了，不知那些困难学生的处境有没有得到改善，我很惦念！

那天下午，还有一个刚参加工作的年轻汉族女教师搭我们的车返回沧源县城。那是一个文静、单纯的女孩子。她说在这里很寂寞，想家。我们鼓励她当好一个具有神圣职责的佤族村寨女教师，帮助佤族儿童成为有文化的人，让他们愿意去参加边地建设，这担子可不轻。她听了连连点头，说她也是常用这种思想去驱赶寂寞。我们还建议她在这里和佤族人相处，互相学习，在教佤族人文化的同时，也要学习佤族语言，了解、调查佤族的历史和风俗习惯，持之以恒地做下去，几年下来，她就可能是个有见解的人文学者呢！

她听得很感兴趣，表示愿意这样做。

如今我又来了，也想再和她聊聊，看她做得怎么样了。那可是个聪明、朴实的年轻姑娘，也许能对翁丁寨的走向有一定见解，即使是三言两语也可让我带回去给有关方面参考，甚至给那些关心佤山建设的人文学者较大的启示。真知灼见并不完全来自书本，更多的是来自生活中人民群众的智慧！

但学校里一片寂静，只有几个小学生在树下玩着。

我问："怎么没有上课？"

"放假了。放农忙假。"他们跳着笑着围了上来。

我问他们："老师呢？"

"回家去了。"

我们只好遗憾地离开。来一次翁丁寨不容易，这次访问却扑了个空，但愿这些在佤山辛勤工作的乡村教师们都工作顺利、心情舒畅！

上葫芦王地——班洪

去班洪的路上多是在灌木丛中间的坡地上下盘旋。虽然季节已是晚秋，亚热带南方中午的阳光仍然如火一样炎热炙人，就连那从山谷里吹来的风，以及汽车扬起的灰尘也似乎有些微热。

1934年，佤族人在这棵树下剽牛盟誓抗英

从翁丁寨去班洪，车行约 40 分钟就到了。离得远远的就看见了那两棵枝叶浓密、树干粗大苍劲的大青树和大树旁边的班洪抗英遗址碑，塔顶高耸着，像要刺破天空，揽下浮动的白云。这两棵大青树，一棵茁壮地向高处伸出，一棵横向伸开，又相互依托庇护，颇像佤族人那样粗壮、结实、有力，又紧密地互助互爱。

我不禁发出了感叹，这班洪村寨的大树，也有着佤族人的气质呢！

这个在 20 世纪 30 年代初曾奋力抵抗过英帝国主义武装侵略而闻名世界的佤族部落，一向是我们景仰的地方，也是滇西南边地人民特别是佤族人引以为傲和光荣的圣地。

班洪部落位于北纬 23℃、东经 99℃线上，是横断山脉纵谷南段、南滚河流域的一块肥沃土地，山岭、峡谷间满布着茂密的热带雨林，地下更是埋藏着丰富的矿产，早就成了佤族人聚居的地区。

远在明代中叶，滇西南边境的佤族地区的大小部落，被人统称为"葫芦王地"。上、中、下葫芦王地分布于中缅边界的宽广地区，班洪部落是上葫芦王地。随着历史的变迁，不少葫芦王地的部落都衰落了，只有这班洪部落由于地理位置和部落领导人胡氏，反而越来越繁盛，从而对葫芦王地的其他部落有着较大影响（据说他们因为是葫芦王后裔，本来自称姓"葫"，只是汉族姓氏中没有"葫"姓，把他们简写成了"胡"）。

清代光绪十七年（1887 年），班洪部落的第三代首领胡玉山被清朝政府册封为班洪土都司，这相当于汉族从四品，也加强了他的权威；1934年，民国政府又把第四代首领胡宗汉任命为班洪总管。这似乎又比土都司高了一些。在胡氏几代人的管理经营下，又受南滚河南侧班老部落茂隆银厂开发的影响，这个部落也就日益强大、人丁兴旺，繁盛的时期，大寨有人口近万人，而且还管辖着其他部落。

这两棵大青树下也就成了远近村寨佤族人聚会议事的场合，最显赫也最有历史意义的当然是当年班洪土都司胡玉山联合17部落佤族王子在这里剽牛盟誓抗击英国侵略者。在那个葫芦王地血与火喷涌的特殊日子，这两棵大青树下人头攒动，千百个手握梭镖、弩弓，皮肤呈古铜色的汉子在这里呐喊、发誓，要与侵略者战斗到底，他们的亲人——母亲、妻子、儿女在一旁沉默、流泪，或大声为之助威……

抗击英军战斗中用过的铓锣和牛项铃

　　大山在震动，树叶在晃动，都显示出了葫芦王地佤族人的壮烈心绪。

　　英国人的入侵，是因为这地方有银矿。

　　据说，远在明末清初，南明王朝的大将李定国兵败退到中缅边境，就在这里开发过银矿以助军饷。而银矿更为远近所关注是由于清代乾隆年间（1743年），云南石屏人吴尚贤来这里建立了茂隆银厂。当时他得到班老部落佤族大头人蜂筑的支持，在这一带勘探、开采，矿工人数达到三四万之众，多数是从湖南、湖北、四川、广东、广西，以及大理、昆明等地招纳来的技工和苦力。几万人聚集在佤山上，那是多么热闹的场面。这不仅开采了银矿，还给佤山带来了繁荣，促进了佤族经济、文化的发展，虽然后来由于吴尚贤在1751年死于清政府的迫害，厂矿也随之倒闭，但这地方的发展却远远胜过了边地许多城乡，仍然声名远播。

　　现在我还没有看到史学家们对吴尚贤在佤山开矿的翔实记载，也没有对他写出准确的历史评价。但是，我想，这一本来是原始部落残余社会结构的僻远边地，突然来了这样多见多识广的外地人，有冶矿专家、技术工人、经济管理人才，还有为挖矿服务的商贾、来往运输商品矿产的马帮（当然也会有流氓、盗匪混杂其中），对原来极为封闭的佤山却是巨大的冲击，有形无形地影响着他们原有的观念，使他们较快地接受先进的生产生活方式，特别是潜移默化地使他们加强了忠于祖国的观念。这对边防的巩固当然是起着不可磨灭的历史性作用！

可惜的是，腐朽昏庸的清王朝忽视了这些，不仅没有去着意扶植，反而担心聚集开矿的人太多，容易形成反叛力量而忙于扼杀、扑灭。急于侵略扩张的英帝国主义敏锐地注意到了这葫芦王地！

英帝国主义在1885年完全占领了缅甸后，就急于想把云南也变为他们的殖民地，再通过云南进入四川占领长江上游，去与法、德、日等帝国主义争夺中国瓜分中国。土地肥沃、矿产丰富的南滚河流域也就成了他们欲夺取的前哨阵地。

从清光绪十二年（1886年）开始，英帝国主义就不断派武装人员和以传教为名的牧师进入佤山，但都遭到了洪班、班老人民的明确拒绝。

虽然这些人员进佤一再受阻，但英帝国主义对这遍地都埋有银子的土地一直是垂涎欲滴。特别是1929年美国冶金专家卓柏，不知道用什么手段潜入班老、班洪实地考察后，在美国的报刊上发表文章，大肆夸耀这里矿产含银量成色之高是亚洲第一，更使近在缅甸的英国殖民主义者急于进占班洪、班老。

英帝国主义只看到了当时国民党政府外交上的软弱，再加上内战的频繁造成的内外交困，以及在日本和欧美列强欺凌下的一再忍辱退让，却不了解中国人民的自尊，特别是边地佤族人的刚强。在他们看来，这都是些"愚昧、落后"的民族，略施小计就可以征服。

他们先是收买了几个民族败类，各给了永邦部落所属芒相寨的头人小麻哈，以及父辈由大理来班弄、后来成了当地头人

111

的马美廷，卢比 6 万元、毛呢衣服两套、毛毯 3 床、座钟 1 架和一些罐头食品。

那些东西本来不值几个钱，但小麻哈、马美廷却见钱眼开，答应了英国人来炉房银厂开矿的要求，所得利润三家分。

炉房面积不大，约 16 平方公里，位于班洪、班老、永邦三个大寨的接壤处，过去先后是班老、班洪的属地。英帝国主义的野心并不限于这小块地方，而是得陇望蜀，先进入了这里，就可以进一步侵占班洪、班老、永邦和佤山其他地方了！

接着他们又派芒相寨头人小麻哈手下的管事约坎到班洪、班老送礼。

这次他们以为朴实的佤族人好欺骗，拿的所谓的礼物更轻了，是半开银圆 5 枚、绸衣衫 1 套。这好比耍弄一个小孩。

但是他们一次、两次、三次地送来，礼金也从少到多，加到了 1000 多银圆，班老部落的大头人胡玉堂、班洪土都司胡玉山都严词予以拒绝了。他们不是嫌礼物少，而是深知英帝国主义侵略的野心；班老的胡玉堂义正词严地说："你再来多少次我都不会答应，这银矿是中国的！"胡玉山也是铁骨铮铮地回答："你驮几驮金子来，我也不会准许英国人来这里开矿！"

披着"英缅银公司"总工程师外衣的英国人任玻兰，实际是英国殖民政府的军情头目，他见没法收买班洪、班老的佤族上层，就撕下"和平"的外衣，在 1934 年 1 月 23 日派出 500 名士兵首先武装侵占了炉房，还扬言要进一步攻占班洪、班老等地方。

佤山上突然出现那么多凶恶的英国兵，真是山雨欲来风满楼，令人既紧张又愤恨。

54岁的班洪土都司胡玉山，见英国人越来越嚣张，知道这一抗击外敌的大搏杀是不可避免了，他迅速联合了公鸡、塔田、官中、芒国、龙垮、夏细、班老等17个大小部落的头人（他们都自称"王子"）来聚会，和大家商量：英国人硬要进来开矿了，怎么办？

这段时期，佤山战云密布，各个部落的佤族人都在密切注视着英帝国主义的动向，佤山是中国的领土，是佤族人的家园，怎么能任由洋人践踏！

他们一致认为：永邦的芒相、马美廷头人勾结英国的行为是出卖民族利益、违背祖宗意旨的叛逆行为，如今英国兵已经进入佤山了，只有把他们打回去！

不畏强暴，愿以生命维护民族尊严，一向是佤族人的刚强性格！

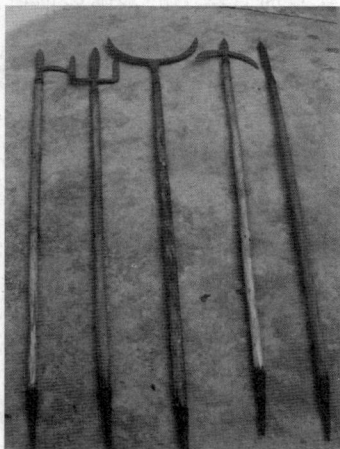

刀耕火种的工具也被用来抗击英国侵略军

17 个部落愿一致抗英的意向，也加强了胡玉山的信心和决心，他拔出雪亮的长刀，激昂地表示："我们一定要把洋人赶出佤山，追过滚弄江，到江边洗刀！"

那时候的佤族只有长刀、弩弓、梭镖和几管一次只能装 4 市斤火药轰击出铁片的土炮，他们将用这些简陋的武器来对抗拥有机枪、大炮的英国兵。他们也知道武器的优劣会影响战斗的胜负，但他们决心已定，还是毫不畏惧地去斗争！

20 世纪 30 年代初的中国，在国民党政府统治下，充满了屈辱和悲愤。1931 年，日本侵略者在中国东北发动"九一八"事变，几乎没有遭遇什么抵抗，就把执行"不抵抗主义"的几十万"东北军"赶出了东北，占领了辽宁、吉林、黑龙江三省的广阔土地。

英帝国主义也就如此推想，同是由"不抵抗主义"的国民党政府管辖下的云南边地佤族人又真的敢抗拒吗？

他们以为只要机枪、大炮一扫射轰击，没有经过军事训练，没有机枪、大炮，连简陋的步枪、明火枪都不多，只会使梭镖、弩弓的佤族人，一定会被他们打得满山乱窜。这些骄狂的侵略者当然不知道中国几千年前的老子说过的"民不畏死，奈何以死惧之！"的那句名言，我们纯朴的佤族人不一定读过那些圣人之言，却是用自己的爱国爱家的英勇来实践先贤这一伟大哲理的。

在集会商讨时，17 个部落的"王子"们决定，先分头打永邦，然后夺回炉房。

地处偏远的佤族各部落，多数都很贫困，胡玉山拿出900半开银圆（也有一说是10000银圆），分送给各个部落作为战斗开支。

胡玉山还把家中的所有积蓄，包括祖先遗留下来的8驮银子全都拿出来，派人去内地购买明火枪、火药。

佤族人平日有婚丧喜庆都得占卜问卦，大一些的集体活动还得剽牛。这17个部落联合抗击英国侵略者的搏杀，将比任何一次部落之间的械斗大得多，也是佤山有史以来最大的事，当然得剽几头牤牛！

剽牛

二月初这天，在班洪大寨的大青树下举行了剽牛仪式以盟誓。

17个部落的首领和附近各部落的佤族人都围聚到一起了！

佤族人举行过许多次剽牛祭鬼神敬祖先的活动，但从来没有这次庄严、隆重、具有特殊意义，这样撼动人心！

他们按照古老风俗先杀了红色、黑色的两只鸡卜鸡卦，然后剽翻4条肥壮的黄牛，把牛头、牛腿、牛肠子分成17包分送给17部落"王子"，牛肉则用来款待作战的佤族男女……

占卜的鸡卦吉利，牛的倒向也对。这表明，战斗的胜利有望。他们更是欢喜、兴奋！

17个部落结盟抗英的讯息也很快被英国侵略者侦察到了，他们一面增调部队，把侵略军从原来的500人添加到1000余人，又派了永邦头人岳坎给班老大头人胡玉堂送去5000银圆，给班洪土都司胡玉山送去10000银圆，再一次遭到了严词拒绝。这也使英国侵略者紧张、烦躁、狂怒。他们没有想到这次遇到了刚强的对手！

佤族人也知道，孤立地斗争是不行的，还得依靠伟大的祖国人民。

那天剽牛盟誓时，胡玉山系着鲜红包头，身佩长刀，代表17个部落宣读了《17佤族部落王子告祖国同胞书》。

这份宣言是用傣族文字写成，又翻译成佤话来念诵，再翻译成汉文发给昆明、上海、南京的报刊、电台发表。

班洪人用这大刀抗击英国侵略军

　　在这次抗英斗争当中，有哪些佤族、傣族、汉族的文化人士在协助17个部落"王子"来从事这一撰写、翻译工作的呢？事情过去70多年，已经难以详尽考察了（有人说缅甸爱国华侨尹溯涛、朱朝相当时在班洪，参与了其事），但是那"告同胞书"中的每一句话，都是这样铿锵有力、激动人心："我佤山虽然地瘠民穷，亦有数千里之地，数十万之民，居天然之险，恃果敢之勇，宁愿血流成河，断不作英国之奴隶……"

　　胡玉山念诵时注入了自己的满腔悲愤，真是一字一句都是血都是泪。在场的 17 个部落佤族人本来就满怀义愤，如今更是被感动了，都热血沸腾地一再举起梭镖、弩弓呐喊着，愿和入侵者以死相拼！

这呐喊声伴着铓锣、木鼓声震撼了山谷，大青树也在晃动着。

这"告同胞书"辗转传到昆明、上海、南京，并传向全国。虽然国民党政府在英国侵略者面前一向表现怯懦，如今被班洪佤族人的壮烈行动感动，也不得不对英政府提出抗议，而全国人民更是义愤填膺……

当时上海影响最大的《申报》就连续发表了班洪抗英的消息和《班洪见闻》等报道。1934 年 2 月 22 日刊出的长篇报道，标题就是《英兵侵占滇边续讯，班洪方面佧佤兵千余预备抵抗》。就连驻安徽蚌埠的滇军第七师也"恐故乡一再沦陷"，强烈要求国民党政府采取行动以"维护国权、保存乡土"。

滇西南边地的各民族也纷纷组织了武装来支援班洪、班老的斗争，云南省主席龙云怕得罪国民党当局，不敢公开派兵支援，就暗中派人去游说景谷傣族大盐商李希哲。李希哲当时也激于义愤，慷慨地拿出了家里的 300 余支枪和 55 万银圆（还把田产抵押了两万银圆）组织了一支有汉族、傣族、彝族、佤族、拉祜族、布朗族、哈尼族等民族参加的 1000 多人的"西南边防民众义勇军"，日夜兼程，从滇南向班洪抗英前线赶去。

离班洪较近的勐角董傣族土司罕相华也派出了 30 多个士兵，拿出 2000 多银圆来支援，双江勐勐坝的傣族土司宋子皋也派出 300 多傣族农民组成"义勇军"……

抗击英国侵略军的土枪土炮

　　虽然没有一师一团正规的军队，武器仍然是那样简陋，但这些都是敢于搏杀抗敌的勇士。他们的陆续来到，也就有力地支援、鼓舞了班洪、班老的佤族人，使他们明白，这次反侵略战斗他们并不孤立，也就更有信心地去抗击侵略者！

　　这次斗争的领导核心是被称为"班洪王"的胡玉山（佤名"甲奔"）和他的长子胡忠汉（佤名"江宗"）、次子胡忠华

（佤名"尼咱"），胡玉山的堂弟、"班老王"胡玉禄（佤名"昆鄂"），班老部落永散寨头人胡玉堂（佤名"昆散"），以及"葫芦王"蜂筑的第五世孙保卫国（佤名"岩相"）、勐角董土司署副总管傣族人张万美……

他们勇敢，也有计谋、有主见，能把这次艰难的斗争指挥得较为得当。

那天在班洪剽完牛后，又在班老大寨举行了一次剽牛盟誓。然后17个部落约1500名壮男壮妇，在2月28日分3路向英军占领的丫口、芒相、永邦进攻。在英国侵略军的大炮、机枪轰击下，佤族人前仆后继地激战了3天，夺回了丫口。以后虽然英国军队在3月23日采取迂回袭击战术，绕往佤族人后方袭击，发射燃烧弹烧毁了班老大寨，佤族武装斗争一度受挫，战斗主力只好暂时退到龙头山、岗勐的原始森林里，但战斗主力利用大森林的掩护避开英军的锋锐，寻找战机继续顽强地战斗，时而大规模对阵，时而小股袭击，打得侵略军防不胜防……

在南滚河与南依河的汇合处，有座地势险峻的大山，由于其与起伏的河岸相连，又形状巍峨，好似一条蜿蜒长龙的龙头，所以又被当地人称作龙头山，也是进可攻、退可守，控制着班老、班洪、塔田等地方的要塞。但该山前些日子已被英国侵略军抢先占领了。如果不把盘踞那里的英军打掉，那就会处处陷于被动。

抗击英国侵略军的梭标

　　胡玉堂和保卫国等佤族人熟悉地形，他们在用梭镖、砍刀、弩弓没法接近有机枪、炮火防守的英军阵地时，决定利用冬春山林干燥的特点，来次火攻。善于刀耕火种的民族，对这事可是拿手。他们准备了大量的松明火把，把英军围起来后，放火烧山，然后强弓硬弩、火枪、火炮一起发射。敌人被打得焦头烂额，浓烟大火中不知道该往哪里突围，只好慌乱地往南滚河里窜，敌军指挥官卓温也被射死……

　　佤族男子都上阵了，妇女惦念亲人的安危，也从竹楼上走出，加入了抗英的战斗行列。她们赶着牛队、背着背篓在炮火中给拼搏中的男子送水、送饭、送削制好还涂抹了毒药的弩箭，送芭蕉秆和树木帮助修筑工事。阵地上也就色彩缤纷，有黑色衣衫红色包头巾的男子，还有着紫红筒裙的妇女。这些妇女中最出色的女中豪杰当数班老大寨的俄梦，那年她才30

岁，健壮、美丽、泼辣，在她的带动下，许多妇女都拥上了战场。她还化装成砍柴、捡拾猪草的妇女深入英军阵地了解敌人动向……

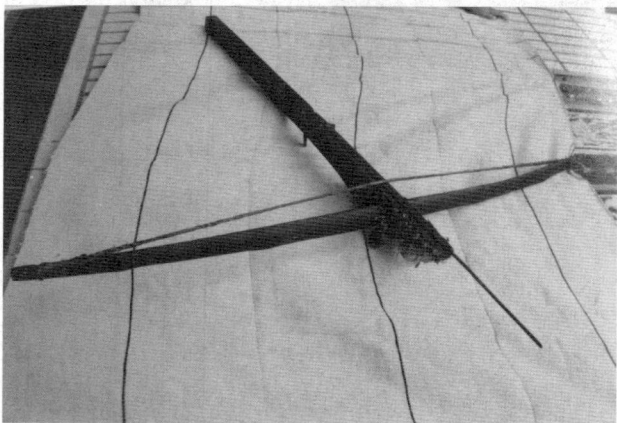

抗击英国侵略军的硬弩

几十年过去了，她们的动人事迹仍然在佤族男女中广泛流传。

战斗最艰难时，沧源、西盟等地的佤族、拉祜族、傣族约1200余人在李希哲、纳汝珍等人领导下组建成 西南民众义勇军及时赶来助战，有力地支援了班洪、班老等17部落的抗英斗争，迫使英国侵略军在4月28日退到滚弄江边，不敢再大举入侵，从而在5月间收复了炉房、班老等失地。在这场正义与丑恶的较量中，正义的佤族人民占了上风！

英帝国主义在这次入侵中，机枪、大炮都用上了，还是没有征服佤山，他们终于明白，佤族人民是不可侮的！

这次抗英斗争，佤族人民有 55 个人英勇牺牲，英国侵略军却有几百人伤亡。

如今几十年过去了，当年参加抗英斗争的佤族英雄壮士，几乎完全老去，所谓"葫芦王地"也成了历史名称，只有当年剽牛盟誓的班洪大寨这两株大青树还在，其躯干和枝叶仍然是那样粗壮繁茂，像一把巨伞遮盖着周围，那些稠密的树叶也像佤族男女那万千双结实有力、永远充满活力的手臂，深情护卫着他们眷恋的土地。

班洪抗英遗址碑

大青树下的班洪抗英遗址碑是 1987 年 10 月由沧源县建立

的，如今成了省级爱国主义教育基地，每年都有成千上万的本地人和远道游客来这里瞻仰、凭吊，虔诚地向朴实、勇敢的佤族先烈和勇士们致敬！

我在纪念碑前走了一圈又一圈，一次又一次默默地弯下腰去行礼，向爱国先辈们表达我这远道而来之人的敬意！

大风吹来，枝叶飘动，我似乎仍然能听见他们剽牛后出征时的雄壮呐喊声！

我也想呐喊：伟大呵！佤族人！

在南滚河原始森林

从班洪大寨旁边的高坡上向南望去，那被薄雾遮掩的大片原始森林向云天深处延伸，无边无际。

同行的叶萍告诉我，来这里前，她已经和南滚河自然保护区电话联系了，请他们派人做向导，带领我们进森林里去参观，来到这里不进大森林触摸一下树林藤条，会遗憾的！

她又说，不过我们得准备点吃食，进了大森林，除了野菜、野果，可没有别的可吃！

白云深处的南滚河大森林

班洪村口有个卖凉粉的小摊贩，凉粉酸辣可口。我们吃饱了，又特意买了些作为野餐用。

卖凉粉的中年妇人穿着件淡绿色没有领子的大襟上衣，下边是条黑色筒裙，开始我还以为她是傣族人，见她那没有顾客时就抬着一只烟斗悠闲吸烟的神态，就问叶萍："她是佤族吧！"

她点头："你说对了，这里佤族人受傣族影响，平日的着装比较随便，不过遇见节日，还是要穿上我们佤族的服装。"

卖凉粉的妇人见我们吃了还要带，就问："带到哪里去？可是我的凉粉好吃？"

叶萍用佤语告诉她，我们要进自然保护区。

她摇头，"不够，不够。树林子太大了，进去了三五天也转不出来。这点凉粉不抵饿。"

我笑着回答她："我们哪里敢往深处走，只是在林子旁边看看。"

她还是摇头："就是去林子旁边看看，上坡、下坡也要大半天或者一整天呢！"

"你去过？"我很有兴趣地问。

"去过。不过那是年轻的时候，一大伙人去，在林子里没走几里路就听见豹子吼野猪叫，还有大象拖着长长的鼻子把树叶踩得乱响的声音，吓得我们慌慌张张往外边跑……"她给我们形容出一幅奇妙的景象，更增加了我们进去看看的浓厚兴趣。

见我们去意坚定，她又好心地给我们装了一袋炒黄豆，"带着。饿了，这个才顶事。"

我们谢过她，就往寨子外边走。

这完全是下坡，要沿着长满杂草和小树的弯弯曲曲的小路，下到小河边才能接近那绿得发黑的大森林。

我们要先去南滚河自然保护区的办公大楼找个向导。叶萍拿起手机与那边通电话，回答是，不必进来了，李师傅会来和我们会合。

我们刚走到村口，自然保护区的李师傅就背着水壶和一个大概装有进林子备用品的沉甸甸的大包来了。他肤色黑红，个子不高，长得很精干，走起路来脚下带风，给人的印象是个长期穿越森林的老手。他和我们握握手，相互介绍了后，说："今天天晴，能见度又好，从法宝管理站那个方向进去也许看得见大象。"

"大象多吗？"我很感兴趣。

"不算多，有时候是三两只，有时是一大群。它们是在森林里四处游动的。"

李师傅很热情健谈，他一路走，一路为我介绍："我们这个自然保护区是 1980 年经国务院批准建立的，全长 16 公里，宽 4.4 公里，保护区面积有 106087 亩，方圆约有 70 公里，占班洪、班老 9 个村寨，是云南省国家级 5 个自然保护区其中之一，属五类保护区第一类热带森林生态保护区。保护区内植物保护群落分 12 个种类：绒毛番龙眼、千果榄仁雨林、禾本科高草群落，牡群落、红推、楠木、木荷群落，木乐类杂灌群落，白茅群落、栲类、桦木、思茅松群落，桢楠群落等。我是分管植物保护的，在这方面，我可以为你介绍得清楚一些。"

通往法宝管理站有一条林中小路，李师傅顺手从路边一棵长得很清瘦的树上摘了一片叶子给我嗅嗅，他说："很好闻，这就是千果榄仁，属于三类保护植物。"

若没有李师傅一路为我们介绍，我只能从树干的高大粗细、树叶的形状大小，简单地区分树与树的不同。

树丛中飞出一群群蝴蝶，忽远忽近，逗引得我们想要去抓住一两只。李师傅说："这是蛱蝶，你可别追它们，小心它把你引到林子里迷了路。"

"有过这种事吗？"我好奇地问。

他笑着不回答，这就使得我更加好奇。心想，他不会无缘无故这样说，可能是真有其事，又怕吓着我吧！但是我却忘不了这时而如一串彩练上下抖动着，时而形成一个大花圈轻巧滚动，又突然化成万千各色各样的花瓣在绿树丛中散开的彩蝶们。它们太美丽了，也太诱人了，谁不想多看它们几眼，甚至忘情地追逐他们呢！

后来一个熟悉南滚河原始森林的佤族朋友，把她知道的有关彩蝶的故事告诉了我。

她说，这些彩蝶被自然科学工作人员分类为蛱蝶，是森林里能迷幻人的精灵呢！据老人说，那是一群女孩子变的。这群女孩子出于对原始老林深处的好奇，瞒着家里人，相约着进了林子。林子里边确实是美丽极了，大片的花叶凤竹、野茉莉、大鸢尾兰……几乎满地都是，她们看呀，采呀，把头发上、身上挂满了花环，一个个都成了硕大的花球。她们被花的色彩、花的香气吸引着，不停地往老林深处走，忘了时间，忘了路的远近，更忘了在走过的地方弄些明显的标志以便从这没有路的地方摸回去。爱美是人类，特别是女孩子的天性，她们又是佤族女孩子中最爱美的人，在这些万千花朵前兴奋陶醉而忘了一切，一直到天黑了，她们才感觉累了饿了怕了，更要命的是大森林变成一座无比硕大的黝黑帐篷，只有依稀的萤光鬼火在闪烁，她们找不到回去的路了。夜晚的大森林如一座巨大的冰窖，透骨的凉气从四面八方喷涌而出，有着厚厚毛皮的大小野兽都冻得凄厉地吼着，何况她们这些衣裳单薄、皮肤软嫩的小女孩！她们又忘了带火种，也不会像人类祖先那样钻木取火，只能在潮湿的夜雾中冻得抱成一团。她们可怜地喊爹喊妈，但森林深密，路途又遥远，村寨里的爹妈哪里听得见！她们祈祷鬼神保佑，救救她们。鬼神也没有答应，花有花神，树有树神，神灵们可能还有些迁怒于这些任性的女孩子把森林中珍稀的花朵采摘、伤害得太多了呢！也就不愿去拯救她们。一些女孩子哭了，后悔不该莽撞地走进原始老林来，只有一个个性刚强的美丽女孩子说："哭哪样，哭有什么用？一身裹着这样多花朵死去，做鬼也漂亮呢？"又一个被花香熏得晕晕乎乎的女孩子哭着说："我不想做鬼，让我化成蝴蝶吧！"那些已是冻得奄奄一息的女孩子，自感生命将要终结了，也就无奈地说："也好，也好，化成漂亮的蝴蝶吧！……"

这些话可能被森林之神听见了，托起她们的灵魂，让她们继续披着花朵的鲜艳外衣，化成了一群蝴蝶。

它们在大森林中飞舞着，似乎想告诉人们，里边很美很美，进来看吧！

有的人随着它们走进去了，迷了路，再也没有出来，是不是也化成了彩蝶？

我听了这个神话般的故事，很惊讶，这是谁编织的，这样美丽伤感？是赞扬那群女孩子对美的追求呢，还是警示人们不要随便在大森林里采摘践踏里边的花草？

我问给我讲故事的人，她只是笑而不答。

我却陷入深思中。

如大伞的董棕树

李师傅又边走边为我介绍："在我们国家，目前有354种植物被列为珍稀濒危品种，南滚河自然保护区就有36种，占全国10.7%。第一级保护植物是刺桫椤，这种植物像蕨类，据说恐龙时代就有。第二级保护植物有四数木、云南石梓、三梭栎、董棕、铁力木。董棕外边也有，在沧源勐来一带可能就看到了吧？"

"见过，树形像把大伞。"我说。

"对，形容得很准确。三级保护植物有翠柏、大呆青冈、白菊木、柬埔寨血树、红椿、云南七叶树、大叶木兰、顶果木、箭毒木等30多种。"

他介绍的三级保护植物箭毒木，我在西双版纳见过，也叫见血封喉。用这种树的树汁取一点涂在弩箭头上，人或动物被射中后，毒汁与血液相混合，很快会封住血管流动，喉咙被锁住喘不过气来，身躯再庞大的动物也会很快死掉。

1934年2月，班洪、班老等17个部落的佤族人抗击英国侵略军的进犯时，就采集了箭毒木的汁涂抹在弩箭上，向英国军队射去。佤族人的弩箭射得准，一箭一个，英军当场就一声不吭地死掉不少。以致英军士兵一听见弩箭的飞鸣声就吓得扑倒在地上，以后远远地见了持弩的佤族人，更是吓得飞跑。

那次战斗，男子忙不过来，就由妇女进大森林来采伐，许多妇女也成了辨别箭毒木的能手。从此，佤族人对毒箭木更是精心保护，以便外敌入侵时能用上。

珍贵的龙血树

　　如今虽然不再用这种毒汁去战斗、杀人了，但植物学家们又在研究如何将这种特殊的、惊人的毒汁用于治病。

　　我们在林中小路上走着走着，就听到了流水撞激岩石的巨大响声，那是一条从峡谷中冲击而出、穿越原始森林向南流淌的河。河床陡峭，流水很急。河的沿岸树林很茂密，这就是南滚河了。它发源于岗诺木若山，在怒江水系下段的众多支流中，是仅次于南汀河、勐波罗河的第三大支流，全长 70 公里，从如今的班老乡歹笼方向出境注入缅甸萨尔温江。李师傅说："这条河流给这一带的植物生长，动物繁衍营造了良好的环境。森林里的动物很多，属云南省一级兽类保护动物有亚洲象、云豹、孟加拉虎、熊猴、白掌长臂猿等12种，二级保护动物有黑熊、水鹿、水獭、金猫、穿山甲、白腹锦鸡等47种。据前几年初步统计，这里边有两对孟加拉虎、17头亚洲象。动物种类不同，也各有各的活动地段，南滚河东岸，也就是我们现在走着的这一边，是大象、水鹿等寻食的地方，西岸森林更稠密，多是老虎、豹子、猿猴，它们隔河为界，没有特殊原因，如地震、大火的干扰，不会乱窜。所以你们不必太担心，在这边很少碰见伤人的老虎、豹子。不过这些野生动物太吸引人了，不少人为了拍摄这些稀奇的老虎、大象，不惧危险地在森林里住许多天，但森林太大也过于稠密，这些动物又行动迅捷，很难见到……"

我想起来了，前两年一位来过南滚河自然保护区的临沧作家告诉我，有一次他在大森林里就遇见了一对大象。那庞然大物的突然出现，把带领他的一个向导都吓得失魂落魄，拼命地跑，因为大象若发起怒来，一脚就能把人踩扁踏成肉泥，它们只想在森林中静静地觅食，可不愿人们惊扰它。

他却吓得忘了挪动脚步，奇怪的是大象没有过来袭击他，而是默然地看了他一眼，似乎在说，我知道你不是故意来冒犯我，然后摆动了几下长长的鼻子和两扇大耳朵，把野藤小树踩得吱嘎吱嘎作响，悠悠地走了。

过了好久，他回过神来才觉得害怕极了，但也很得意，毕竟亲眼见到了野象。这可是吉祥的象征呢！

如今我在这大森林边沿行走，能遇见大象和水鹿吗？如果遇见了，我该怎么办呢？

我还记得上次来班洪，南滚河自然保护区的朋友告诉我，河里还有长约9米、重达50多公斤的巨蟒，能一口把一只兔子和小猪吞掉，所以在林子里的河边行走得小心再小心！

这南滚河的大森林真是又美丽又神秘，又有些恐怖呵！

看见李师傅走得那样从容笃定，我很羡慕，也很佩服。有他做向导，我又何必过于紧张呢！我也就放心地走着看着。

森林里的小路很潮湿，树叶上积存着晶莹的水珠，人一走过，水珠就哗哗啦啦滴下来，把我们的衣服都弄湿了。李师傅说："昨晚下过雨，河边的小路烂，还有积水的凹地。我领你们顺着河谷的山上走一段，也能看到很多稀奇的植物和小动物。"

叶萍说："先在这里吃了凉粉再进林子，等会儿爬高下低的，提着凉粉不方便，饿着肚子钻林子也容易缺氧。"

我们就在河边找了块大石头坐下，吃凉粉。在山野中用餐，我觉得比刚才还有味道，胃口特别好。

我们钻进了森林，中午的太阳正当顶，林子里很闷，密不透风，我们只走了十几分钟就全身流汗。我脱去外衣，只穿了一件短T恤衫，李师傅却说，不能只穿短袖在森林中走，这森林中昆虫就有388种。这样多种类的昆虫肯定是色彩斑斓，各有特性，真是又迷人又吓人！

脚下传来"嘣咚，嘣咚"声，我以为是树上什么果子掉下来，低头一看，是脚边有一个小水潭，许多小雨蛙听到人的脚步声，正吓得向水潭中跳去，那种令游泳运动员都会羡慕的轻巧身姿，真是又迅疾又漂亮！刚走了两步，树丛中又发出"唰唰"声，我看见一只既像兔子又像灰狐的灰色动物穿过去，还没等我看清楚，它就消失得无影无踪。一路上像木耳、鸡枞的菌类随处可见，我很奇怪，秋季了，南滚河边怎么还有这么多菌类？李师傅说："这里的气温年平均在 17℃—22℃，年光照时数 2000 小时，10 月受西南季风影响，海洋性湿热团向南滚河带来大量的水汽。这段时期雨多，气温高，湿度高，形成大气环流，这里的菌类要长到 11 月以后才会停歇。"

我想捡拾一些回去，这原始森林沃土上的菌类肥厚硕大，一定很鲜美。这可是森林外边，特别是城市里的人难以吃到的。

大森林中的菌子

见我走两步一弯腰，叶萍笑着说："别捡了。老林里鲜美、稀罕的东西多着呢！照你这样走，大半天也走不出几里路！"

我想了想，也确实是这样。我们不是往外走，而是往里边钻，捡了菌子怎么拿？我又没有带背篓，只好恋恋不舍地丢下这些菌子。

越往里走，森林越稠密，一群群小黑虫像一团团乌黑的云雾一样悄无声息地飞过来。我不知道这是388种昆虫中的哪一种，但是那来势却是汹涌吓人，我急忙掏出一瓶风油精洒在我和叶萍的手帕上，飞快地上下抖动、扑打。这些小黑虫可能从来没有遇见过这种"放射性的芬芳"，纷纷逃走，再也不敢扑来了。

李师傅却若无其事地走着，只是偶尔抬起手拂开掉在脸上的树叶或者是扑过来的一两条蚂蟥。

我佩服他这"凛然"的神态，那些小黑虫怎么都不敢惹他？

他笑着说："小黑虫也欺生。它们是只叮咬生人，特别是你们这些皮肤软嫩的女性。我进来过几千次了，它们都熟悉我，知道我的皮肤厚，难叮咬，血液里也多是酒精和防虫药，没有吸头……"

听得我们都笑了。小黑虫也会选取"肉食"呢！

这原始森林并不像我们想象的那样平坦，而是分布于起伏的大小山岭河谷间。我们也得不断地上坡下坡，时而攀上陡峭的悬岩，时而下到河谷里，只是行走时，视界不开阔，不像在外边爬山时那样能远远望见青绿的山岭和山间飘浮的白云。如今所看见的只是一丛树又一丛树，一大串藤条又一大串藤条，层层叠叠，一重又一重，要不断地拂开或钻过这些大树藤条，不知不觉就下到一个深谷或者攀上一座山头了。

李师傅有心照顾我们，不把我们往山势过于陡峭、树林太深密处引，而是尽量带着我们在他们平日巡查时开出的所谓"小路"上慢慢走。其实这哪里是路呀！只不过是少了些荆棘、藤条的隙缝吧！我们累得气喘吁吁，浑身大汗。

不过我也很奇怪，佤族过去一向以刀耕火种、广种薄收的落后生产方式而著称，粮食不够吃，就以狩猎来辅助，所以男子汉个个都是善于使用强弓硬弩和砍林烧山的能手。从前来过佤山的人，每逢冬春的旱季，就能看见山岭上一团团的金红色火光升起，随着风势上下翻滚盘旋，既令人炫目也令人惊叹，又一片林地化作灰烬了！

所以早在几百年前的史书中，如《顺宁县志》，就是这样记载布朗族、佤族的先民蒲人："平居刀耕火种，好渔猎，住山寨茅居中。"

其实，他们并不是把一切森林都砍倒烧光，而是有选择地砍伐一些较方便来往的山头低矮灌木丛，冬天砍倒晒干，春天来焚烧，然后在肥沃的灰烬上点播旱谷，种一年休耕一两年甚至三五年，待土地上又长出小树杂草，再砍倒焚烧耕作。佤族人所刀耕火种的土地多是那几块轮歇地，并不是满山乱砍。

为了保护水源和狩猎地，佤族寨子后边都有一大块"神林"，从祖辈起他们就利用魔巴、布依劳等有影响的人物告诫后人，这片树林砍不得、动不得，乱动会得病、死人。他们认为万物都有灵，去森林里狩猎也要祭告神灵、卜卦，不能乱闯乱打，特别是那些老虎、豹子、大象更不能随意冒犯。这就限制了滥猎的行为。所以佤山虽然高耸陡峭，却山高水长，动植物丰富，能长久养育着几十万山民！

这也就是如今大大小小的自然保护区，过去能以"神林"的形式存下来的缘故。南滚河自然保护区里生长了几千年甚至更长历史的大片森林能够较完整地保存到如今，也是与这种"神林不可亵渎"的观念有关。他们很明白，把大森林烧光了，把大树砍完了，那用以制造木鼓，那可以乘载几个人、几十个人的独木舟的木料从哪里去找呢？

南滚河边的这些大森林山势较险，又处于管理较好的班洪、班老部落附近，也就能多次抗拒天灾人祸，被保护得比较好。1980年由国务院批准建立了自然保护区后，有专门的行政组织和科研人员守护，他们集保护、发展、科研等职能于一身。这大片森林也就更加有生命力了！

从这些原始森林的保护情况，我们也可以看到，佤族人虽然久处闭塞的山野，但不是没有远见的民族！

我把进入佤山，特别是进入这南滚河自然保护区的感触说给叶萍听，她得意地笑了："你了解我们佤山人！"

大森林里真是千变万化，我们在一片长满常绿阔叶林和红椎木、楠木、木荷群落的山脊上走了一段路后，又下到一个由长长的峭岩形成的谷底。这里林木较稀，出现了一片野芭蕉林，昨夜的雨水洗得叶片上没有一点污渍，在阳光的照射下绿得像一片片缎子，真是好看！看到这一大片野芭蕉林，我想起了那天在岩嘎家吃的凉拌野芭蕉心。

如果在这里来次野餐，我也想学着岩嘎那样，用芭蕉的心制作一道生态菜，可惜我们的锅瓢碗盏工具和做凉拌菜应有的盐巴、辣子等作料都没有带，只能望着这长得粗大茂盛的芭蕉林兴叹了！

峡谷底下有条不知从哪里流出来的小溪，溪水清澈、冰凉，还有着麂子来喝水时留下的鲜明蹄印。我四处张望却见不到麂子的踪迹。它们去哪里了呢？

李师傅说："麂子是最灵敏的动物，辨别力最强，树林里的一小点响动都会引起它的警觉。我们这样有说有笑地走着，它还在远处就会发现我们，早迅速地逃得无影无踪……"

我说："它们怎么还常常被猎手打到呢？"

他说："如今麂子属于保护动物，不让打了。从前猎手来打，如果不是满山乱追，哪里追得上打得着？他们要在有经验的老猎手指引下，不断进出大森林，摸清麂子常走的路线、规律，特别是它爱在哪些溪水边找水喝，事先埋伏在那里等待。要有耐心，一天、两天、三天，甚至更长时间，才能打到。"

我才明白，当个猎人不容易，不仅要善于射弩，还要能心平气和地苦守呢！一般人哪里能在大森林的溪水边，忍着虫子的叮咬一趴几天几夜？

从峡谷里翻上山岭，树林更加茂密了，一丛丛过山龙（藤状植物）像一条条青蛇缠绕着几个人都抱不过来的大树，钻出树枝，倔强地伸向天空，吸收阳光。树上不断有黑羽毛、白羽毛、灰羽毛的鸟跳来跳去，叽叽喳喳地叫着，像是在争着表演它们最悦耳的乐曲。

这是临近傍晚的先兆，只有清晨和黄昏的时候，鸟儿才会叫得这样响，这样欢快，似乎是相互诉说这一天它们在树林里飞翔、寻食的见闻。

本来因为树叶稠密而昏暗的林子，也越来越黯淡了。李师傅说："太阳要下山了。我们不能再在森林里耽搁了，得赶快往外走。"

我哪里舍得出去，说："不能在林子里过夜吗？"

在我的想象中，如果在森林中找块空地烧起一堆篝火，围着火堆，烤着从小溪里摸来的鱼虾和捡来的野菌子，边吃边聊，边听夜鸟、猿猴、老虎、豹子、野猪的叫声，那是多么有情调！

可是，没有进出大森林经验的我，这次连件厚点的衣服都没有带，就别说怎么去捕捉野物了。我暗暗埋怨自己，进来前为什么不做些准备呢？只挨了大森林的边沿，什么都还没有看仔细，就这样出去，我怎么愿意？

叶萍安慰我："下次再来吧！"

对，下次我要带足各种在大森林过夜，甚至多住几天的吃食和用具。

见李师傅催促着我们往外走，我又突然想了起来，两年前我来班洪时，南滚河自然保护区那位陈站长告诉我，大森林里还有散散落落的 75 户人家将陆续迁出。我们能不能在还没有迁出的人家，或者他们遗留下来的旧竹楼里过夜？

听我这这样说，李师傅点头："从前我们在大森林里逗留久了，也常在他们那里借宿，会有吃有住有火烤。不过从这里去很远，摸到大半夜也不一定能走到呢！"

我们当然没法在大森林里摸黑走路，我只好答应回去，但又叹息地说："可惜没见到大象！"

李师傅很明白我的遗憾，说："上午我听说大象从南边过来了，只是你们进来迟了，要是一大清早来，再翻上那个山垭就可能看见了。不过，一两天是欣赏不完南滚河自然保护区原始森林里风光的，我在这里工作 20 年了，也只是刚刚把这片森林走熟。"

听李师傅这样说，我也只有带着很多遗憾跟着他向林子外面走。

我才发现，李师傅带我们进了林子后，并没有一直往深处走，而是沿着大森林边沿呈弧形活动。这样看的景色多，又能很快走出林子，不至于进得太深而一时间出不来。

树木叶逐渐稀疏，浓厚的夜幕正从天空垂下来，本来还安静的大森林内外，突然变得极为喧嚣了，大风从山岭高处刮下来，像要掀开稠密的原始森林一样，狠力地冲击、旋转，那些不知道藏在哪里的大小野兽也在长一声短一声地号叫。我说："这森林的夜晚怎么会这样恐怖？"

李师傅却说："太阳落山了，总得让大风刮，野兽吼，不这样还能有大森林的特色吗？多来几次，习惯了就好了。"

我想也是。陌生才会不理解。

分手时，李师傅说："我也有遗憾。今天背了相机来，打算拍几张大象的照片，却没有拍到。有遗憾的地方，就想再来，欢迎你再来南滚河自然保护区。"

我忙说："会来的！会来的！这样美的南滚河我怎么会忘记它！"

他得意地笑了："很多人都有这样的感觉。"

从他的笑容我可以看出，他对这大森林的一切是这样有感情，不然也难以在这边远偏僻、寂寞的地方安心工作20多年。有他们这些热爱大森林的人在这里埋头工作，这南滚河自然保护区也就永远能保持原生状态又充满新的活力！

我诚挚地向他表达我的谢意！

他却摇摇手："太客气了。你下次来，早点通知，我们做个详细周密的计划，带够干粮、用具和防身武器，好好地在森林里转悠个十几天。你说的林中小木屋、野味都会有的，不过我不会给你烧篝火，吃烧食，大森林更要防火！"

说完，他哈哈大笑。

满天星斗在风中抖动着，似乎在向我们眨动着眼睛。

我不知它们想向我说什么，我却羡慕它们能常常看见这南滚河两岸的大原始森林！

岩帅行

　　沧源佤山的地势是北高南低。岩帅处于佤山东部偏北的大山里。我们那天早晨从勐董出来，途经单甲、团结等地去往岩帅，先是往北走然后再折向东。一路上，我们也多数是在山势不断升高的山间公路上蠕行，偶尔才会下到峡谷间行驶一段路，接着又是往上爬，往上爬，好像是永无尽头地要爬进那云天深处。

岩帅岩丙村

山岭高耸的树林保护得好，低山那特有的浓厚晨雾在这一带也就能保持着固有的神韵。从半夜起山林间就悄悄地起雾了，如白絮一样的云雾充塞于树林里，填满了山谷，把河流、田地、大小村寨都浓密地罩住。中午以前，一切都在茫茫大雾中，走在山里只听见人声、车声、舂米声、鸡啼、狗吠声，却难以看见几步外的人迹。

大雾湿润了山林，这里的大叶茶和小叶茶也就长得特别好，色深、味浓、清甜。据说，在这里发现的大片野生茶树已有 2000 年左右的历史，被茶专家定为"原生茶树地野生祖型茶"。如今经过改良、培植，茶叶质量更加优化，精制后多是上品云雾茶。

我们乘坐的汽车在浓雾中缓缓行走，又一路小歇、让车、看山势，120 公里的山路，却走了将近大半天。这中间也不知道经过了多少浓绿的山岭和开着白色花的苦荞地，只是走近了，方听见从浓雾中传过来茶园里的佤族妇女清脆的悦耳歌声，经同车的朋友指点才知道，这山林两边是从前的刀耕火种轮歇地，如今都成了茶林呢！

茶多又好，这一带的喝茶方式也就很多，较普遍的是烤茶，每家都有三五只常用的、容纳水量在 300 克左右的小陶罐。烤茶前先把陶罐在火塘上烤热，散掉水汽，然后把茶叶放进去，一边缓缓地烤一边不断翻动茶叶，得有耐心又翻得勤快，不能烤焦，只能烤成金黄色。泡茶以前先倒一点滚烫的开水，名曰洗茶，把洗茶水连同漂起的杂质粉末倒掉，才正式倒入开水，这开水要选清冽的山泉水，略为浸泡半分钟或一分钟，这烤茶的工艺就完成了，可以斟入水杯中饮用了。但善饮烤茶的人都懂得头茶苦，二茶涩，三茶、四茶才好喝。所以，喝头道茶时，可根据自己的习惯酌量加些白开水，三道四道就浓淡适合了。

罐烤茶一般是用来待客或者农活较清闲时，吃过晚饭在火塘边悠闲地烤着、品着；平常饮用的是佤族苦茶。这是用较大的瓦罐来煮，茶叶放多少可看喝茶的人数来定，但必须是陈年大叶茶，把茶水煮到只剩下三分之一左右，这时茶水已是很浓很苦了。在上坡劳动前、出远门时喝上一碗这种浓酽的苦茶，可以一天不口渴。这种茶也就特别为从前的赶马人和常走山路的商旅所爱喝，他们在天亮前用铜锣锅煮上一锅，一人一碗，喝完了才吃早饭。一路上再烈日炎炎，出多少汗，也可以大半天不口渴，更不必去山路边找冷水喝而引发疾病。

佤族苦茶是由马帮、商旅传播到了滇西南边地许多地方的，只是茶叶品种不同，茶味也就各异，有的苦中含甜。我于1981年初去澜沧、西盟的拉祜族、佤族人村寨时，早上出门爬山前，好心的主人都会特意为我熬一碗 佤族苦茶。刚饮上一口真是苦不堪言，但在他们殷勤的劝说下，还是一闭眼狠力地把那碗苦茶喝完了，苦呀，真苦！但苦味刚过，一股回甜又从喉咙深处涌了上来，齿舌都觉得清香。那天我在云雾里、烈日下爬了几座山岭，确实不觉得渴。从那以后，每天早上出门前我都主动要求喝上一碗，还把旅行杯灌满……

本书作者彭鸽子与岩帅佤族阿姐

临走时，我还特意带了一大包回昆明，作为夏天的饮料。我和苦茶是早有感情的！

又是20多年没有喝过这种佤族苦茶了，如今进入佤山又看见这大片茶林，也就勾起了我亲切的回忆，多想再喝呵！

同车的佤族朋友见我这样眷恋他们的佤族苦茶，也高兴地说："有的，有的。不过今天晚上不给你喝，这苦茶的兴奋作用比咖啡还大，喝下去会一夜失眠的！"

我记得这佤族苦茶还能消食健胃。这些天走到哪里都被盛情款待，肉食不断，可以用这种苦茶来解解腻了。如果晚上要和岩帅的佤族人一起打歌（跳舞唱歌），还可以用来提神，听歌、唱歌、跳舞到天明。

同车的佤族朋友又笑了："是这样，是这样。苦茶的作用可多呢！"

善歌的岩帅佤族人

这天，我们的中餐就是在来龙的茶园里吃的。因为有妹包永荣、荣哉布依劳这两位在当地有声望的佤族学者，以及在佤山从事旅游文化的叶萍、施民忠陪同，岩帅镇镇长李云已在这里等候了。

不过行色匆匆，主人也不知道我钟情于罐烤茶佤族苦茶而没有准备，招待的是雨前茶。这是平日难以喝到的茶中佳品。但更使我兴奋的是那满山满坡长势喜人的万余亩茶林。中午大雾散了，清绿的、矮矮的茶树，一畦一畦有序地排列着，系着红头巾的佤族女工时隐时现、时起时伏地出没于茶树间。采摘新茶的季节早过了，他们是在忙着修整茶树。

茶叶如今已成为沧源佤山外销出口创汇的重要商品，岩帅的云雾茶又在其中占主要地位。沧源有近百个茶叶精制、粗制加工厂，由于茶叶多数产自岩帅这些东部、中部高而凉爽的山区，这些茶叶加工厂也多在岩帅。一个从前被外地人长期看作只会刀耕火种的山地民族，如今却以他们的茶叶精品进入了国内外市场，与众名茶一争高下，这是多么可喜的事！当然，佤山的发展还不仅是茶叶，其他方面还多着呢！

如今的岩帅僻居佤山的东部大山间，沧源县政府又在1952年12月从这里迁往勐董。随着县政治中心的转移，又由于这近120公里曲折难行的山路，岩帅似乎不再像勐董、班洪等乡镇那样为外人所注意了，但它往昔的声名和如今的潜力，仍然为了解沧源佤山的人们所津津乐道。

我知道岩帅似乎比知道沧源这个县名还早。从熟悉佤山的文学前辈们的文章中，我就知道了这个充满边地传奇和革命色彩的古老部落，以及那里的"岩帅王子"田兴武、（佤名"展岛"）、田兴文（佤名"达萨"）兄弟怎么抗击旧政权的压榨，怎么在新中国成立前夕接纳中共地下党人在部落里活动，以后又怎么在新旧交替的纷陈杂乱中被欺骗裹胁到境外，忧郁悔恨老死于异国……

两个僻居山野的原始部落残余的首领，却与20世纪40年代末、50年代初的大时代风云变幻紧密联系，并一度叱咤风云，至今还常为人们所谈及，真是不容易！

早年的佤山无论是滇西的沧源，还是滇南的西盟，由于山高路远交通不便，都是既自我封闭又被旧的政权所封锁歪曲。人们谈起佤山，除了刀耕火种、砍人头祭谷子等陋习外，似乎不知道其他，只是觉得神秘恐怖。

比如老作家马子华在他1946年出版的《滇南散记》中，写到他当时进入岩帅前，有着这样的描写：

> 我们听得边地的人都在提及岩帅这一个名字，若干的传说都在描述他们的凶残，都指他们为化外之民，不服王道，甚至有人似乎非常诚意地警告过我："你不能经过岩帅，那是非常危险的，他们仇恨每一个汉人。"

接着这个人向他罗列了一大堆关于岩帅人，特别"岩帅王子"田兴武的一系列"野蛮""残暴"行为。猛然听来，那真是骇人听闻，但这个有正义感的作家，本着耳闻是虚、眼见是实的原则，还是冒险进入了岩帅部落，而且特意去见田兴武。

到达岩帅后，他在当地一个被人称为叶老师的汉人引见下，见到了"岩帅王子"田兴武。这次见面很有趣：

> 我在途中想着，如何随着叶老师进入巍峨富丽的王宫，如何看见威严盛饰的王子。但是，叶老师把我带到居民中间，走进一家和其他竹屋没有两样的房子，进门的

左边有一头壮牛，正在吃着稻草。

房子里面漆黑，我定了一下神，才渐渐地看清楚这一间房里仅只是床；另外是掘在地下的火塘，正熊熊地烧着柴火；地上摆着几个短凳，墙边靠了几把锄头和木耙，并没有和其他的佤佤人家有什么不同。

"我们来约谁呢？"我问。"就是这儿了。这是田兴武的家。"叶老师说。

里边还有一个小房间，大概我们说话的声音，使得里面的人知道了客人的到来。一个人出现了，他背上背着两岁左右的睡着了的孩子，因而弓着点腰。他长得比较高大结实些，和别的佤佤一样，栗黑的脸上摆着较直削的鼻子，一对炯炯发光的眼睛，头发披向后面，因而额前有点像满清末年的士子一般的整齐发白，似乎是曾经剃过。他和别的佤佤不同的是那一件蓝布衣裤比较干净些，而且多了一双牛皮底的青布连襻鞋。

"这就是岩帅王子田兴武。"叶老师指着那人介绍。

这样的场景，谁看了也会大吃一惊，原有的神秘、恐惧感会顿时消失，但也会立即涌起一种亲切感。这即是对被称为"岩帅王子"，当时还是岩帅区长田兴武朴实如平民的真实写真，但是他又确实是当时佤山众多部落中最强悍的一个大部落的强有力领头人，在他的管辖下，该部落不仅内部生活有序、经济稳定，使附近的各种势力不敢忽视，而且在 1945 年还以武装支持当时的国民党政府沧源设治局局长樊汝平，赶走了阻碍"改土归流"的勐角董土司。但他的最大功绩还是云南革命游击战争处于初起阶段时，在 1948 年 11 月接纳了受中共党组织派遣到佤山建立党的地下组织、发动武装斗争的共产党员李培伦等人，他们在田兴武的支持、掩护下，把岩帅作为一个据点，教育启发佤族人的革命觉悟，使他们在处于敌人反动武装三面包围中，不断出击战斗；1949 年 4 月云南的卢汉还对是否起义处于彷徨犹豫中时，这里就在中共地下党领导下成立了沧源县临时人民政府，田兴武担任了第一任县长，还把他的 300 多佤族武装改编为受共产党领导的佤山守备大队，以后又编入边纵九支队澜（沧）、宁（洱）源（沧源）整训总队的联合大队；1949 年 5 月初，田兴武又出兵勐董，摧毁了国民党沧源设治局和县党部，活捉了设治局局长雷澎苍，为沧源的解放立了大功。

那时候的岩帅到处洋溢着一片热烈的革命气氛，苍青的大山都似乎在跳跃了！

40 多年后的 1987 年，当时曾经深入岩帅工作的共产党员李培伦还这样深情地回忆："佤族是全民武装的民族，人人都勇敢善战，有武士精神，出战时每人背上枪，一个挎包装上几斤米、一块盐、几个辣子。饿了吃上把米、一个辣子、啃点盐，渴了喝上口清水。打起仗来没有后勤供应。晚上，靠在树脚下，唱的唱，说的说，睡的睡，看不出一点战争的紧张和恐惧来，谁也不会感到死神会随时降临，他们就是这样生活和战斗的。"

所以，岩帅人如今骄傲地把他们那里称为革命老区，这是有历史为证的（沧源已在 1999 年 8 月得到云南省委、省政府批准，定为解放战争时期的革命老区县）。

这些光辉的过往又岂仅是用"刀耕火种""砍人头祭谷子"等偏见能代表的？

幸好历史的厚重云雾在后来——被拨开，佤族人民用他们不屈不挠的精神和斗争，证明了他们的正直、刚强。

在勐董时，我看到了由县委政研室编写出版的《革命老区——沧源》一书，该书为近当代革命斗争中 15 个著名人物的传略。这些著名人物中出自岩帅和在岩帅工作过的就有王维仁（汉）、田兴文（佤）、田兴武（佤）、田三木拉（佤）、李培伦（汉）、肖哥长（佤）、赵安民（佤）、魏文才（汉）等 8 人，占一半以上。这真是岩帅的荣耀！这也许就是岩帅如今虽然地处深山大岭又交通不便，但是人才辈出，经济发展的潜力很大，像一颗明亮的大星星闪烁在佤山的原因吧。

我们就这样在车上边走边聊驶进了岩帅镇。

从前用竹篾茅草编织建筑的老屋没有了，如今是一色的砖木结构房屋。几条小街巷纵横于斜斜的山坡上，不是逢集天，小镇有点冷落，但是也衬托出这高山上小镇的清静平和。我见一个黑衫、黑裤、黑鞋、大黑包头巾下露出几丝雪白的头发，耳朵上戴着长长的银制垂花镶珠耳坠的老妇人，坐在她家门口吸着尺余长的兰烟袋，神色是那样安详自在。我走近向她问好，她才略为挪动了一下身子，拉过一个藤篾编织的小板凳请我坐下，和气地问："从勐董来？"

妹包永荣向岩帅乡亲敬酒

我点头。

"累了吧？路不好走哟！"

"还可以。"

"我们这里山大。"

"是这样。"

"是来工作，还是听歌？"

我想从前来这里听歌的人一定不少，也就点头："听歌。"

她微微笑了："我们岩帅的姑娘，歌唱得好，也漂亮。"

一个高挑身子、上身穿着短袖红衫、下身着一条黑丝绒上衬着金黄条纹筒裙、皮肤闪亮微黑的姑娘走了过来。

老人用烟袋指了指："晚上让她给你唱歌，她唱得可好听呢！"

姑娘妩媚地笑了："奶奶从前是好歌手，比我们唱得还好呢！"

佤族肚铓舞

老人有些得意："岩帅人哪个不会唱歌？都是才会走路说话就会唱歌跳舞了。"

她说的是事实。一进入岩帅地界，在山野上听见的是高亢的歌声；在茶林里那样忙累，她们也在唱着歌。那歌声豪放、粗犷又充满深情。有名的佤族情歌《月亮升起来》就出自岩帅，那充满佤山个性、被滇西南佤族一直传唱的《佳玲赛》也出自岩帅。每当这乐曲在木鼓、铓锣伴奏下响起，男女老少就会纵声欢唱、热烈起舞。

这天傍晚，我们在岩帅镇政府的食堂进餐。为了欢迎我们这些远客，当地朋友纷纷来敬酒，每敬一杯不仅要说几句诚挚的祝酒词，还要放声唱一首古老的佤族民歌。那位女副镇长赵秀英特别热情，歌也唱得好，我们都被她迷住了。

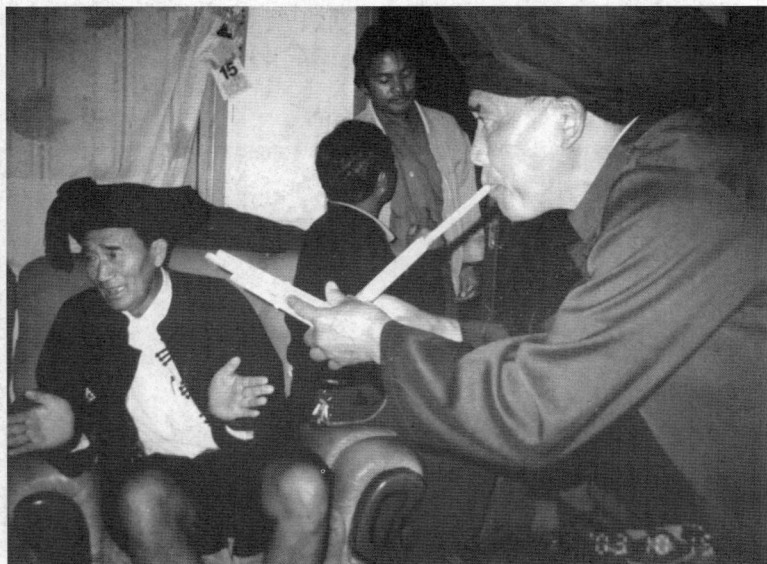

岩帅人尼嘎吹芦笙迎客

155

这一餐饭，桌上有些什么菜，我忘了，却记住了她们唱的歌。

晚上去尼嘎家打歌。这是个佤族民间艺术之家，佤族的所有乐器他都会演奏，他美丽妻子的歌也唱得特别好，也因此常常吸引着镇上的好歌手来他们家场院上打歌。今晚有我们这些远客，他们又聚拢来了。歌声一起，人们都精神焕发地蹦了起来。我们也兴奋地和她们一起手拉手，一边唱一边跳……

一个佤族朋友知道我白天都在旅途上，已有些劳累，好心地告诉我："我们的打歌，一唱开了，跳开了，就要玩到天亮呢！"

我点头："太好了！"她不知道，进打歌场前，我特意喝了满满一碗岩帅的佤族苦茶，那是能帮我驱除疲劳的！

篝火燃起来，舞跳起来

一弯月亮从远山后边静静地升上天宇。我们唱起了《月亮升起来》，唱得月亮也高兴地把那水银似的光华倾泻给大地，让整个岩帅都浸在水溶溶的月光中。我们又反复跳唱《佳玲赛》，"你来我来嘛大家来哎，歌场不分你和我。敲起木鼓打起歌，打到日出月亮落……"人们越唱越兴奋，加入舞圈的人也越来越多，似乎全岩帅的歌手和舞者都加入了！

2004 年春节写于昆明
2006 年 6 月又作修改

后　记

1979 年春开始，我几乎每年都要去云南滇西南边地行走。我的许多散文、小说也多数是以边地生活为题材，红河、澜沧江、怒江、金沙江两岸、高黎贡山、哀牢山、无量山、梅里雪山，几乎都有我的足迹。这块被诗人誉为"神奇、美丽、丰富"的地方，是那样广博、深邃、多彩，也确实是需要我用一辈子的精力来了解、抒写。

也许是受曾经在佤山工作、战斗过的父亲的影响，我对佤族人粗犷、豪爽、坚忍，又充满智慧的个性特别欣赏，一而再地去滇南佤族聚居地生活，也就有了我那些被海内外报刊多次刊发转载的散文《西盟云海》《佤族人的婚礼》……

为了让一个不是出生在佤族地区的佤族第一位女作家，能真正熟悉、了解她自己的民族，1983 年春我带她去西盟，一个村寨又一个村寨地访问，把我的佤族朋友介绍给她，带她了解佤族的历史、风俗。我觉得这是我对佤族人的一片心意。

但我却长久没有去过地处滇西的沧源佤山。

一位佤族朋友对我说："你若不去沧源，你对我们佤山和对佤族的了解和爱心只有一半。"

我想是这样的。但是不知道怎么一回事，多次有这样的西行机会都被一些突然插进来的事耽误了。

2001年春天，机会终于来了，一位久在临沧地区从事文化和文学艺术领导工作的作家朋友，邀请我去访问临沧的7个县，使我终于看见了沧源佤山的真切面貌，虽然来迟了一些，许多古旧风貌已一时间难以追寻，但还是给了我许多美好、深刻的印象。只是那次同行的人太多，一大群作家、艺术家一起采风，不可能久留，也就不能按照自己的想法对其更深入了解。我明白这位朋友的心意，他是先给我们勾勒出临沧的一个轮廓，我们如果想重点写那些人和事，以后再找机会。

这一晃又是两年。这两年我和沧源朋友常有来往，不断阅读沧源佤山的有关史料，很想找个机会再去沧源。

2003年秋冬，这机会终于又来了，这位作家朋友再次组织我们进临沧。而且重点就是沧源，还希望我能给沧源写一部散文，我可以在别的人走了后，单独留下访问。我很高兴，这真是天从人愿！

这一次，我多年来对佤族的了解、我认真阅读佤山民情和史料的积累、我对佤族的真挚感情都被调动了，能有计划、有步骤地去逐一访问、深入了解……

那些日子，我几乎把沧源佤山一些有特色的佤族村寨都走到了；这是一次较深入的了解，我又结交了许多佤族朋友，他们知道我是专程来写佤山的，也就深情地、全力地给予我帮助，如果没有他们的帮助我是不可能寻访那么多地方，接触那样多人，看得那样清楚，问得那么仔细。他们对乡土的了解和爱心也融入了我这部散文集中，使我能写得比较顺畅、多彩。

书在 2004 年 4 月出版后，沧源、西盟的许多佤族朋友热情地给我打来电话，他们认为，这几十年写佤族的作品不少，系统地描写他们佤族的散文集这还是第一本，如果不是对他们佤族有感情，有了解，是不可能这样用心地抒写的。我很高兴，他们也很了解我。

这部书于 2004 年出版，2007 年再版后荣获第三届冰心散文奖、云南文艺基金鼓励奖、昆明市第二届优秀文艺作品茶花奖铜奖。我很欣慰这本书得到了各方面的肯定。

今年 3 月，我联系中国言实出版社，把这部已脱销多年的散文集寄送到社里，希望得到出版。感谢中国言实出版社接受出版这部散文集。我对书中的图片、文字作了少许调整、修改，力求精益求精，这也应该是作家的责任，但愿这部佤族风情散文集能重新上市，有更多的读者喜欢它。

彭鸽子

2021 年 7 月 4 日于玉积堂